U0399528

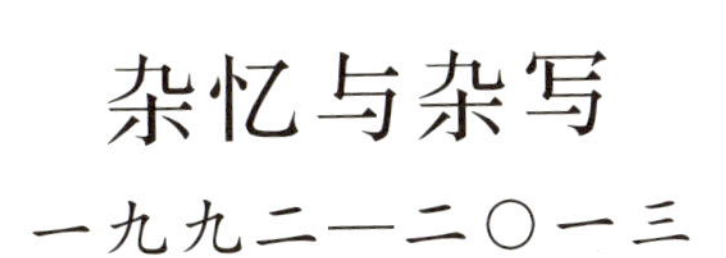

杂忆与杂写

一九九二—二〇一三

杨绛 著

生活·讀書·新知 三联书店

图书在版编目（CIP）数据

杂忆与杂写：一九九二—二〇一三 / 杨绛著. —北京：生活 · 读书 · 新知三联书店，2015.4 （2024.7 重印）
ISBN 978-7-108-05175-2

Ⅰ. ①杂… Ⅱ. ①杨… Ⅲ. ①散文集－中国－当代 Ⅳ. ① I267

中国版本图书馆 CIP 数据核字（2014）第 259633 号

责任编辑 冯金红
装帧设计 蔡立国
责任印制 董 欢
出版发行 生活·讀書·新知 三联书店
（北京市东城区美术馆东街 22 号 100010）
网 址 www.sdxjpc.com
经 销 新华书店
印 刷 河北鹏润印刷有限公司
版 次 2015 年 4 月北京第 1 版
2024 年 7 月北京第 14 次印刷
开 本 787 毫米 × 1092 毫米 1/32 印张 9.625
字 数 170 千字
印 数 101,001－107,000 册
定 价 39.00 元
（印装查询：01064002715；邮购查询：01084010542）

作者在家中整理钱锺书笔记“容安馆札记”（一九九九年夏）。

作者与钱锺书、钱瑗摄于北京大学中关园（一九六二年）。

作者与钱锺书在家中（一九八三年）。

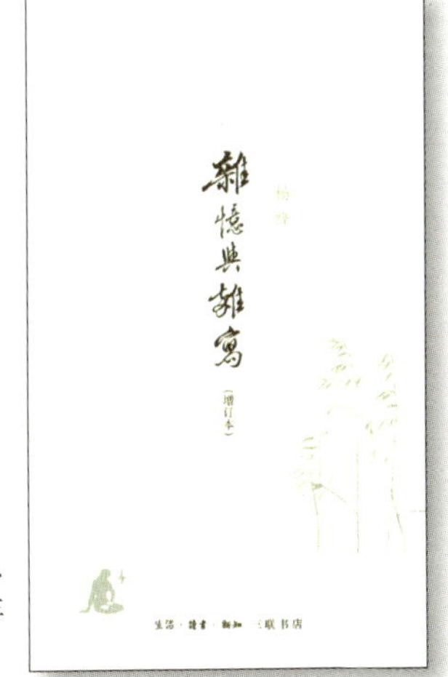

《杂忆与杂写》书影，
三联书店1994年初版（上左）、1999年2版（上右）和2010年新版（下）。

目录

第二部分 杂论

第三部分 序文

第四部分 书信四封

代前言　坐在人生边上[①]

杨绛先生近年闭门谢客，海内外媒体采访的要求，多被婉辞；对读者热情的来信，未能一一回复，杨先生心上很感歉疚。朋友们建议先生在百岁生日来临之际，通过答问与读者作一次交流，以谢大家的关心和爱护；杨绛先生同意，并把提问的事交给了年来投稿较多、比较熟悉的《文汇报·笔会》。我获此机会，有幸与杨先生作了以下笔谈。

一

笔会：尊敬的杨先生，请允许我以提问来向您恭祝百岁

① 本文为二〇一一年杨绛先生百岁诞辰前夕，《文汇报·笔会》主编周毅对杨绛先生的书面采访，发表于该报二〇一一年七月八日。征得杨绛先生同意，收入本书作为“代前言”，有删节。——编者

寿辰。

您的生日是一九一一年七月十七日。仔细论起来，您出生时纪年还是清宣统三年，辛亥革命尚未发生。请问，七月十七日这个公历生日您是什么时候用起来的？

杨绛：我父亲是维新派，他认为阴历是满清的日历，满清既已推翻，就不该再用阴历。他说：

“凡物新则不旧，旧则不新，新旧年者，矛盾之辞也，然中国变法往往如是。旧法之力甚强，废之无可废，充其量不过增一新法，与旧法共存，旧新年特其一例而已。”“今人相问，辄曰：‘汝家过旧历年乎，抑或新历年乎？’答此问者，大率旧派。旧派过旧历年，新派过新历年。但此所谓过年，非空言度过之谓，其意盖指祭祖报神……今世年终所祭之神，固非耶教之上帝，亦非儒家之先圣先贤，不过五路财神耳。此所谓神，近于魔鬼，此所谓祭，近于行贿。”

七月十七日这个公历生日是我一岁时开始用起来的。我一岁时恰逢中华民国成立。我常自豪地说：“我和中华民国同岁，我比中华民国还年长一百天！”七月十七日是我生日，不是比十月十日早一百天吗？

笔会：您从小进的启明、振华，长大后上的清华、牛津，都是好学校，也听说您父母家训就是：如果有钱，应该让孩子受好的教育。杨先生，您认为怎样的教育才算“好的教育”？

杨绛：教育是管教，受教育是被动的，孩子在父母身边最开心，爱怎么淘气就怎么淘气，一般总是父母的主张，说“这孩子该上学了”。孩子第一天上学，穿了新衣新鞋，拿了新书包，欣欣喜喜地“上学了！”但是上学回来，多半就不想再去受管教，除非老师哄得好。

我体会，“好的教育”首先是启发人的学习兴趣，学习的自觉性，培养人的上进心，引导人们好学，和不断完善自己。要让学生在不知不觉中受教育，让他们潜移默化。这方面榜样的作用很重要，言传不如身教。

我自己就是受父母师长的影响，由淘气转向好学的。爸爸说话入情入理，出口成章，《申报》评论一篇接一篇，浩气冲天，掷地有声。我佩服又好奇，请教秘诀，爸爸说：“哪有什么秘诀？多读书，读好书罢了。”妈妈操劳一家大小衣食住用，得空总要翻翻古典文学、现代小说，读得津津有味。我学他们的样，找父亲藏书来读，果然有趣，从此好（hào）读书，读好书入迷。

我在启明还是小孩，虽未受洗入教，受到天主教姆姆的爱心感染，小小年纪便懂得“爱自己，也要爱别人”，就像一首颂歌中唱的“我要爱人，莫负人家信任深；我要爱人，因为有人关心”。

我进振华，已渐长大。振华女校创始人状元夫人王谢长达太老师毁家办学，王季玉校长继承母志，为办好学校“嫁给振华”贡献一生的事迹，使我深受感动。她们都是我心中的楷模。

爸爸从不训示我们如何做，我是通过他的行动，体会到“富贵不能淫，贫贱不能移，威武不能屈”古训的真正意义的。他在京师高等检察厅厅长任上，因为坚持审理交通部总长许世英受贿案，宁可被官官相护的北洋政府罢官。他当江苏省高等审判厅厅长时，有位军阀到上海，当地士绅联名登报欢迎，爸爸的名字也被他的属下列入欢迎者的名单，爸爸不肯欢迎那位军阀，说“名与器不可假人”，立即在报上登启事声明自己没有欢迎。上海沦陷时期，爸爸路遇当了汉奸的熟人，视而不见，于是有人谣传杨某瞎了眼了。

我们对女儿钱瑗，也从不训示。她见我和锺书嗜读，也猴儿学人，照模照样拿本书来读，居然渐渐入道。她学外文，有个很难的单词，翻了三部词典也未查着，跑来问爸爸，锺书不告诉，让她自己继续查，查到第五部辞典果然找着。

我对现代教育知道的不多。从报上读到过美术家韩美林作了一幅画，送给两三岁的小朋友，小孩子高高兴兴地回去了，又很快把画拿来要韩美林签名，问他签名干什么，小孩说："您签了名，这画才值钱！"可惜呀，这么小的孩子已受到社会不良风气的影响，价值观的教育难道不应引起注意吗？

笔会：您是在开明家庭和教育中长大的"新女性"，和钱锺书先生结婚后，进门却需对公婆行叩拜礼，学习做"媳妇"，连老圃先生都心疼自己花这么多心血培养的宝贝女儿，在钱家做"不花钱的老妈子"。杨先生，这个转换的动力来自哪里？您可有什么良言贡献给备受困扰的现代婚姻？

杨绛：我由宽裕的娘家嫁到寒素的钱家做"媳妇"，从旧俗，行旧礼，一点没有"下嫁"的感觉。叩拜不过跪一下，礼节而已，和鞠躬没多大分别。如果男女双方计较这类细节，那么，趁早打听清楚彼此的家庭状况，不合适不要结婚。

抗战时期在上海，生活艰难，从大小姐到老妈子，对我来说，角色变化而已，很自然，并不感觉委屈。为什么？因为爱，出于对丈夫的爱。我爱丈夫，胜过自己。我了解钱锺书的价值，我愿为他研究著述志业的成功，为充分发挥他的潜力、创造力而牺牲自己。这种爱不是盲目的，是理解，理解愈深，感情愈好。相互理解，才有自觉的相互支持。

我与钱锺书是志同道合的夫妻。我们当初正是因为两人都酷爱文学，痴迷读书而互相吸引走到一起的。锺书说他“没有大的志气，只想贡献一生，做做学问”。这点和我志趣相同。

我成名比钱锺书早，我写的几个剧本被搬上舞台后，他在文化圈里被人介绍为“杨绛的丈夫”。但我把钱锺书看得比自己重要，比自己有价值。我赖以成名的几出喜剧，能够和《围城》比吗？所以，他说想写一部长篇小说，我不仅赞成，还很高兴。我要他减少教课钟点，致力写作，为节省开销，我辞掉女佣，做“灶下婢”是心甘情愿的。握笔的手初干粗活免不了伤痕累累，一会儿劈柴木刺扎进了皮肉，一会儿又烫起了泡。不过吃苦中倒也学会了不少本领，使我很自豪。

钱锺书知我爱面子，大家闺秀第一次挎个菜篮子出门有点难为情，特陪我同去小菜场。两人有说有笑买了菜，也见识到社会一角的众生百相。他怕我太劳累，自己关上卫生间的门悄悄洗衣服，当然洗得一塌糊涂，统统得重洗，他的体己让我感动。

诗人辛笛说钱锺书有“誉妻癖”，锺书的确欣赏我，不论是生活操劳或是翻译写作，对我的鼓励很大，也是爱情的基础。同样，我对钱锺书的作品也很关心、熟悉，一九八九年黄蜀芹要把他的《围城》搬上银幕，来我家讨论如何突出主题，我觉得应表达《围城》的主要内涵，立即写了两句话给她，那就是：

围在城里的人想逃出来，
城外的人想冲进去。
对婚姻也罢，职业也罢，
人生的愿望大都如此。

意思是“围城”的含义，不仅指方鸿渐的婚姻，更泛指人性中某些可悲的因素，就是对自己处境的不满。钱锺书很赞同我的概括和解析，觉得这个关键词“实获我心”。

我是一位老人，净说些老话。对于时代，我是落伍者，没有什么良言贡献给现代婚姻。只是在物质至上的时代潮流下，想提醒年轻的朋友，男女结合最最重要的是感情，双方互相理解的程度，理解深才能互相欣赏吸引、支持和鼓励，两情相悦。我以为，夫妻间最重要的是朋友关系，即使不能做知心的朋友，也该是能做得伴侣的朋友或互相尊重的伴侣。门当户对及其他，并不重要。

笔会：您出生于一九一一年，一九一七年即产生了新文学革命。但您的作品，不论是四十年代写的喜剧，还是后来写的《洗澡》、《干校六记》等，却没有一点通常意义上“现代文学”的气息。请问杨先生，您觉得您作品中和时代氛围的距离来自哪里？

杨绛：新文学革命发生时，我年纪尚小；后来上学，使用的是政府统一颁定的文白掺杂的课本，课外阅读进步的报章杂志作品，成长中很难不受新文学的影响。不过写作纯属个人行为，作品自然反映作者各自不同的个性、情趣和风格。我生性不喜趋时、追风，所写大都是心有所感的率性之作。我也从未刻意回避大家所熟悉的“现代气息”，如果说我的作品中缺乏这种气息，很可能是因为我太崇尚古典的清明理性，上承传统，旁汲西洋，背负着过去的包袱太重。

笔会：创作与翻译，是您成就的两翼。特别是历经“大跃进”、“文革”等困难年代，最终完成《堂吉诃德》的翻译，已是名著名译的经典，曾作为当年邓小平送给西班牙国王的国礼。很难想象这个工作是您四十七岁自学西班牙语后开始着手进行的。您对堂吉诃德这位骑士有特别的喜爱吗？您认为好的译者，有良好的母语底子是不是比掌握一门外语更重要？

杨绛：这个提问包含两个问题。我先答第一个。

我对这部小说确实特别喜爱。这也说明我为什么特地自学了西班牙语来翻译。堂吉诃德是彻头彻尾的理想主义者，眼前的东西他看不见，明明是风车的翅膀，他看见的却是巨人的胳膊。他一个瘦弱老头儿，当然不是敌手，但他竟有胆量和巨人较量，就非常了不起了。又如他面前沙尘滚滚，他看见的是迎面而来的许多军队，难为他博学多才，能数说这许多军队来自哪些国家，领队的将军又是何名何姓。这等等都是象征性的。

我曾证明塞万提斯先生是虔诚的基督教徒，所以他的遗体埋在三位一体教会的墓园里；他被穆尔人掳去后，是三位一体教会出重金把他赎回西班牙的。虽然他小说里常有些看似不敬之辞，如说"像你妈妈一样童贞"，他也许是无意的，也许是需要表示他的小说不是说教。但他的小说确是他信仰的产物。

现在我试图回答第二个问题。

"作为好的译者，有良好的母语底子是不是比掌握外语更重要？"

是的。翻译是一项苦差，因为一切得听从主人，不能自作主张，而且一仆二主，同时伺候着两个主人：一是原著，二是译文的读者。译者一方面得彻底了解原著；不仅了解字句的意义，还需领会字句之间的含蕴，字句之外的语气声调。另一方面，译文的读者要求从译文里领略原文，译者得用读者的语言，把原作的内容按原样表达；内容不可有所增删，语气声调也不可走样。原文弦外之音，只能从弦上传出；含蕴未吐的意思，也只附着在字句上。译者只能在译文的字句上用功夫表达，不能插入自己的解释或擅用自己的说法。译者须对原著彻底了解，方才能够贴合着原文，照模照样地向读者表达，可是尽管了解彻底未必就能照样表达。彻底了解不易，贴合着原著照模照样地表达更难。

末了我要谈谈“信、达、雅”的“雅”字。我曾以为翻译只求亦信亦达，“雅”是外加的文饰。最近我为《堂吉诃德》第四版校订译文，发现毛病很多，有的文句欠妥，有的词意欠醒。我每找到更恰当的文字或更恰当的表达方式，就觉得译文更信更达，也更好些。“好”是否就是所谓“雅”呢？（不用“雅”字也可，但“雅”字却也现成。）福楼拜追求“最恰当的字”（Le mot juste）。用上最恰当的字，文章就雅。翻译确也追求这么一个标准：不仅能信能达，还要“信”得贴切，“达”得恰当——称为“雅”也可。我远远不能达到这个目标，但是我相信，一切从事文学翻译的人都意识到这么一个目标。

二

笔会： 钱锺书先生天分、才学过人，加上天性淘气，臧否人事中难免显示他的优胜处。曾有人撰文感叹“钱锺书瞧得起谁啊！”杨先生，您为什么从来不承认钱先生的骄傲？

杨绛： 钱锺书只是博学，自信，并不骄傲，我为什么非要承认他骄傲不可呢？

钱锺书从小立志贡献一生做学问，生平最大的乐趣是读书，可谓“嗜书如命”。不论处何等境遇，无时无刻不抓紧时间读书，乐在其中。无书可读时，字典也啃，我家一部硕大的韦伯斯特氏（Webster's）大辞典，被他逐字精读细啃不止一遍，空白处都填满他密密麻麻写下的字：版本对照考证、批评比较等等。他读书多，记性又好，他的旁征博引、中西贯通、文白圆融，大多源由于此。

钱锺书的博学是公认的，当代学者有几人能相比的吗？

解放前曾任故宫博物院领导的徐森玉老人曾对我说，如默存者“二百年三百年一见”。

美国哈佛大学英美文学与比较文学教授哈里·莱文（Harry Levin）著作等身，是享誉西方学坛的名家，莱文的高傲也是有名的，对慕名选他课的学生，他挑剔、拒绝，理由是“你已有幸选过我一门课啦，应当让让别人……”就是这个高傲的人，与钱锺书会见谈学后回去，闷闷冒出一句“我自惭形秽”（I'm humbled!）。陪同的朱虹女士问他为什么，他说：“我所知道的一切，他都在行。可是他还有一个世界，而那个世界我一无所知。”

钱锺书自己说：“人谓我狂，我实狷者。”狷者，有所不为也。譬如锺书在翻译《毛泽东选集》的工作中，就“不求有功，但求无过”。他乖乖地把自己变成一具便于使用的工具，只闷头干活，不出主意不提主张。他的领导称他为“办公室里的夫人”，他很有用，但是不积极。

人家觉得钱锺书“狂”，大概是因为他翻译《毛选》，连主席的错儿都敢挑。毛著有段文字说孙悟空钻到牛魔王的肚里，熟读《西游记》的锺书指出，孙猴儿从未钻到牛魔王的肚里，只是变了只小虫被铁扇公主吞入肚里。隐喻与原著不符，得改。

钱锺书坚持不参加任何党派，可能也被认为是瞧不起组织，是骄傲。其实不然，他自小打定主意做一名自由的思想者（freethinker），并非瞧不起。

很多人有点儿怕钱锺书，因为他学问“厉害”，他知道的太多，又率性天真，口无遮拦，热心指点人家，没有很好照顾对方面子，又招不是。大家不怕我，我比较收敛。锺书非常孩子气，这方面就像永远长不大的孩子。但钱锺书也很风趣，文研所里的年轻人（新一代的知识分子）对他又佩服又喜爱。最近中国社会科学院编辑出版的《钱锺书先生百年诞辰纪念文集》几十篇文章的作者，都是对他又敬又爱的好友。

笔会：钱锺书先生拟写的西文著作《〈管锥编〉外编》当初是怎样构思的？为什么没有完成？有没有部分遗稿？

杨绛：钱锺书拟用西文写一部类似《管锥编》那样的著作，取名《〈管锥编〉外编》，起意于《管锥编》完成之后。这种想法并非完全没有基础，他生前留下外文笔记178册，34000多页。外文笔记也如他的《容安馆札记》和中文笔记一样，并非全是引文，也包括他经过“反刍”悟出来的心得，写来当能得心应手，不会太难，只有一一查对原著将花费许多精力时间。锺书因为没有时间，后来又生病了，这部作品没有写成。

钱锺书开的账多，实现的少；这也难怪，回顾他的一生，可由他自己支配的时间实在太少太少，尤其后半生。最后十来年干扰小了，身体又不行了。唉，除了遗憾和惋惜，还能说什么呢？

笔会： 在您翻译的四部作品中，《斐多》是您的跨界之作，超出了文学的范畴而进入哲学，苏格拉底面对死亡“愉快、高尚的态度”令人印象深刻。这本主治忧愁的译作，有纪念钱先生的特别意义吗？

杨绛： 一九九七年早春，一九九八年岁末，我女儿和丈夫先后去世，我很伤心，特意找一件需要我投入全部心神而忘掉自己的工作，逃避我的悲痛，因为悲痛是不能对抗的，只能逃避。

我选定翻译柏拉图《对话录》中的《斐多》，我按照自己翻译的习惯，一句句死盯着原文译，力求通达流畅，尽量避免哲学术语，努力把这篇盛称语言生动如戏剧的对话译成戏剧似的对话。

柏拉图的这篇绝妙好辞，我译前已读过多遍，苏格拉底就义前的从容不惧，同门徒侃侃讨论生死问题的情景，深深打动了我，他那灵魂不灭的信念，对真、善、美、公正等道德观念的追求，给我以孤单单生活下去的勇气，我感到女儿和锺书并没有走远。

应该说，我后来《走到人生边上》的思考，也受到《斐多》的一定启发。

笔会：听说《钱锺书手稿集·中文笔记》二十册即将出版，是吗?

杨绛：这个消息使我兴奋不已。我要向北京商务印书馆内外所有参加这项工程的同志表示感谢。《钱锺书手稿集·中文笔记》依据钱锺书手稿影印而成，所收中文笔记手稿八十三本，形制各一，规格大小不一，因为年代久远，纸张磨损，有残缺页；锺书在笔记本四周和字里行间，密密麻麻写满小注，勾勾画画，不易辨认。锺书去世不久，我即在身心交瘁中，对他的全部手稿勉行清理和粗粗编排，此中的艰难辛苦，难以言表。此次商务印书馆组织精悍力量，克服种种困难精心编订目录，认真核对原件，核对校样，补充注释，工作深入细致，历时三年有余，成效显著，这怎使我不佩服和感激莫名！相信锺书和襄成此举的原商务印书馆总经理杨德炎同志地下有知，也会感到欣慰。

《钱锺书手稿集·容安馆札记》二〇〇三年出版时，我曾作序希望锺书一生孜孜矻矻积聚的知识，能对研究他学问和研究中外文化的人有用；现今中文笔记出版，我仍这样想。私心期盼有生之年还能亲见《钱锺书手稿集·外文笔记》出版，不知是否奢望。

三

笔会：杨先生，您觉得什么是您在艰难忧患中，最能依恃的品质，最值得骄傲的品质，能让人不被摧毁、反而越来越好的品质？您觉得您身上的那种无怨无悔、向上之气来自哪里？

杨绛：我觉得在艰难忧患中最能依恃的品质，是肯吃苦。因为艰苦孕育智慧；没有经过艰难困苦，不知道人生的道路多么坎坷。有了亲身经验，才能变得聪明能干。

我的"向上之气"来自信仰，对文化的信仰，对人性的信赖。总之，有信念，就像老百姓说的：有念想。

抗战时期国难当头，生活困苦，我觉得是暂时的，坚信抗战必胜，中华民族不会灭亡，上海终将回到中国人手中。我写喜剧，以笑声来作倔强的抗议。

我们身陷上海孤岛，心向抗战前线、大后方。当时凡是爱国的知识分子，都抱成团。如我们夫妇、陈西禾、傅雷、宋淇等，经常在生活书店或傅雷家相会，谈论国际国内战争形势和前景。我们同自愿参加“大东亚共荣圈”的作家、文化人泾渭分明，不相往来。

有一天，我和钱锺书得到通知，去开一个不记得的什么会。到会后，邻座不远的陈西禾非常紧张地跑来说：“到会的都得签名。”锺书说：“不签，就是不签！”我说：“签名得我们一笔一画写，我们不签，看他们怎么办。”我们三人约齐了一同出门，把手插在大衣口袋里扬长而去，谁也没把我们怎么样。

到“文化大革命”，支撑我驱散恐惧，度过忧患痛苦的，仍是对文化的信仰，使我得以面对焚书坑儒悲剧的不时发生，忍受抄家、批斗、羞辱、剃阴阳头……种种对精神和身体的折磨。我绝对不相信，我们传承几千年的宝贵文化会被暴力全部摧毁于一旦，我们这个曾创造如此灿烂文化的优秀民族，会泯灭人性，就此沉沦。

我从自己卑微屈辱的“牛鬼”境遇出发，对外小心观察，细细体味，一句小声的问候、一个善意的“鬼脸”、同情的眼神、宽松的管教、委婉的措辞、含蓄的批语，都是信号。我惊喜地发现：人性并未泯灭，乌云镶着金边。许多革命群众，甚至管教人员，虽然随着指挥棒也对我们这些“牛鬼蛇神”挥拳怒吼，实际不过是一群披着狼皮的羊。我于是更加确信，灾难性的“文革”时间再长，也必以失败告终，这个被颠倒了的世界定会重新颠倒过来。

笔会：能谈谈您喜欢的古今作家吗？

杨绛：这个题目太大了，只好作个概括性的回答。我喜欢和人民大众一气的作家，如杜甫，不喜欢超出人民大众的李白。李白才华出众，不由人不佩服，但是比较起来，杜甫是我最喜爱的诗人。

笔会：杨先生，您一生是一个自由思想者。可是，在您生命中如此被看重的“自由”，与“忍生活之苦，保其天真”却始终是一物两面，从做钱家媳妇的诸事含忍，到国难中的忍生活之苦，以及在名利面前深自敛抑、“穿隐身衣”，“甘当一个零”。这与一个世纪以来更广为人知、影响深广的“追求自由，张扬个性”的“自由”相比，好像是两个气质完全不同的东西。这是怎么回事？

杨绛：这个问题，很耐人寻思。细细想来，我这也忍，那也忍，无非为了保持内心的自由、内心的平静。你骂我，我一笑置之。你打我，我绝不还手。若你拿了刀子要杀我，我会说：“你我有什么深仇大恨，要为我当杀人犯呢？我哪里碍了你的道儿呢?”所以含忍是保自己的盔甲、抵御侵犯的盾牌。我穿了“隐身衣”,别人看不见我,我却看得见别人,我甘心当个“零”,人家不把我当个东西,我正好可以把看不起我的人看个透。这样,我就可以追求自由,张扬个性。所以我说,含忍和自由是辩证的统一。含忍是为了自由,要求自由得要学会含忍。

笔会:孔子“十五志于学,三十而立,四十而不惑”那一段话,已进入中国人的日常生活,成为一个生命的参照坐标,不过也只说到“七十从心所欲不逾矩”。期颐之境,几人能登临?如今您有登泰山而小天下的感觉吗?能谈谈您如今身在境界第几重吗?

杨绛:我也不知道自己如今身在境界第几重。年轻时曾和费孝通讨论爱因斯坦的相对论,不懂,有一天忽然明白了,时间跑,地球在转,即使同样的地点也没有一天是完全相同的。现在我也这样,感觉每一天都是新的,每天看叶子的变化,听鸟的啼鸣,都不一样,new experience and new feeling in every day。

树上的叶子,叶叶不同。花开花落,草木枯荣,日日不同。我坐下细细寻思,我每天的生活,也没有一天完全相同,总有出人意外的事发生。我每天从床上起来,就想:“今天不知又会发生什么意外的事?”即使没有大的意外，我也能从日常的生活中得到新体会。八段锦早课，感受舒筋活络的愉悦；翻阅报刊看电视，得到新见闻；体会练字抄诗的些微进步，旧书重读的心得，特别是对思想的修炼。要求自己待人更宽容些，对人更了解些，相处更和洽些，这方面总有新体会。因此，我的每一天都是特殊的，都有新鲜感受和感觉。

我今年一百岁，已经走到了人生边缘的边缘，我无法确知自己还能往前走多远，寿命是不由自主的，但我很清楚我快“回家”了。我得洗净这一百年沾染的污秽回家。我没有“登泰山而小天下”之感，只在自己的小天地里过平静的生活。

细想至此，我心静如水，我该平和地迎接每一天、过好每一天，准备回家。

笔会：有人认为好性情只能来自天生，但您的好性情，来自您一直强调的“修炼”。您大部分作品是七十岁以后创作的，堪称“庾信文章老更成”的典范。您认为“人是有灵性、有良知的动物。人生一世，无非是认识自己，洗练自己”。您看重曾参所说的“自天子以至于庶人，壹是皆以修身为本”；在《走到人生边上》的自问自答中，您得出的结论是“天地生人，人为万物之灵。神明的大自然，着重的该是人，不是物；不是人类创造的文明，而是创造文明的人。只有人类能懂得修炼自己，要求自身完善”。“这个苦恼的人世，恰好是锻炼人的处所，经过锻炼才能炼出纯正的品色来。”对您这些话，我没有疑问，也不求回答。在此复述一遍，只为给您一个响应。

原载《文汇报·笔会》二〇一一年七月八日

第一部分 忆旧

记似梦非梦

这里我根据身经的感觉，写几桩想不明白的事。记事务求确实，不容许分毫想象。

我六七岁上小学的时候，清早起床是苦事，因为还瞌睡呢，醒都醒不过来。有一次，我觉得上下眼皮胶住了，掰也掰不开。我看见帐外满室阳光，床前椅上搭着衣服，桌上有理好的书包，还有三姐临睡吹灭的灯——有大圆灯罩的洋油灯。隔着眼皮都看得清清楚楚，只是睁不开眼。后来姐姐叫醒了我。我睁眼只见身在帐中，帐外的东西什么也看不见，因为帐子是布做的。我从未想到核对一下帐外所见和闭眼所见是否相同，也记不起那是偶然一次还是多次。只因为我有了以后的几次经历，才想到这个问题。

一九三九年夏，我住在爸爸避难上海时租居的寓所。那是两间大房间、一个楼面和一个盥洗室。朝南的一大间爸爸住。朝北的一大间我大姐和阿必住，我带着女儿阿圆也挤在她们屋里。房子已旧，但建筑的“身骨”很结实。厚厚的墙，厚厚的门，门轴两端是圆圆的大铜球，开门关门可以不出声响。

一次，阿必半夜到盥洗室去。她行动很轻，我并未觉醒——也许只醒了一半。我并未听见她出门，只觉得自己醒着。我看见门后有个黑鬼想进门，正在转动门球，慢慢地，慢慢地，慢慢地，这黑鬼在偷偷儿开门。于是门开了一缝，开了一寸、二寸、三寸、半尺、一尺，黑鬼挨身进门来了。我放声大叫，叫了才知道自己是从梦中醒来。大姐立即亮了灯。爸爸从隔室也闻声赶来。

我说：“看见门背后一个黑鬼，想进来，后来真进来了。”

阿必在门边贴墙站着，两手护着胸，怪可怜地说：“绛姐，你把我吓死了！我知道你警醒，我轻轻地、轻轻地……”

她形容自己怎么慢慢儿、慢慢儿转动门球，正像我看见的那样。黑鬼也正是阿必的身量。

爸爸对我说：“你眼睛看到门背后，太灵了，可是连阿必都不认识，又太笨了！”

大家失惊之余，禁不住都笑起来。爸爸放心回房，我们姊妹重又安静入睡。事后大家都忘了。

可是我想不明白。我梦中看见门背后的黑鬼，怎么正是黑地里的阿必呢？我看见黑鬼的动作，怎么恰恰也是阿必的动作呢？假如是梦，梦里的境界是不符真实的。假如不是梦，我怎么又能看到门的背后呢？

一九四二和一九四三年，锺书和我住在他叔父避难上海时租赁的寓所，我们夫妇和女儿阿圆住二楼亭子间。亭子间在一楼和二楼之间，又小又矮，夏天闷热，锺书和阿圆受不了，都到我婆婆的朝北大房间里打地铺去了。我一人睡大床。大床几乎占了亭子间的全部面积。床的一头和床的一侧都贴着墙壁。另一侧的床沿，离门框只有一寸之地。我敞着门，不停地挥扇，无法入睡。天都蒙蒙亮了。我的脸是朝门的，忽然看见一个贼从楼上下来。他一手提着个包裹，一手拿着一根长长的东西，弓着身子，蹑足一级一级下楼，轻轻地，轻轻地，怕惊醒了人似的。我看出他是要到我屋里来。我眼看着他一级一级下楼，眼看着他走到我的门口。他竟跨进房间，走到我床前来了。我惊骇失声，恍惚从梦中醒来，只听得锺书的声音说："是我，是我，别吓着。"我一看，可不是他！一手提着个草芯枕头，一手拿着一卷席子。他睡了一觉来看看我。朝北的大房间，早上稍有凉意，他想回房在自己大床上躺会儿。可是想不到亭子间照样闷热，他还是待不住，带着枕席还是逃走了。

我躺在床上，一面挥扇，一面直在琢磨。我睡着了吗？我梦里看见的贼不正是锺书吗？假如我不是做梦，那么，我床头的那堵墙，恰好挡住楼道。楼梯有上下两折，下楼十几级，上楼七八级。亭子间墙外是楼梯转折处的一个小平台，延伸过来有一小方地，是打电话的立足之地。亭子间的门对着一小片墙，墙上安着电话机。我躺在床上，只能看到门外的电话机，无论如何看不见上楼下楼的人，除非我的眼睛能透过墙壁。我到底是做梦，还是醒着呢？我想不明白。

一九五四年夏，文化部召开全国翻译会议。我妹妹杨必以代表身份到北京开会，住在我家。我家那时住中关园的小平房。中间是客厅，东侧挡上一个屏风，算书房。西侧是朝南、朝北的两间卧房。当时朝南卧房里放一张大床，是我和锺书的卧房，朝北是阿圆的卧房。锺书怕热，我特为他买一张藤绷的小床，放在东侧书房里。阿必来了，我们很开心。我有个外甥女儿正在北京上大学，知道必阿姨来，也来趁热闹。她也是我们全家非常喜爱的人，大家叫她“妹妹”，阿圆称她“妹妹姐姐”。“妹妹”和阿必都是最受欢迎的人。她们俩都来欢聚，我家十分快乐。晚上“妹妹”也留宿我家。

“妹妹”有点儿发烧，不知什么病，体温高了一度左右。我让阿必睡在阿圆房里，叫“妹妹”睡在我的大床上，我便于照顾，同时也不怕传染那两个身体娇弱的阿必和阿圆。

天晚了，大家回房睡觉。各房的灯都已经灭了。“妹妹”央求说：“四阿姨，讲个鬼故事。”

我讲了一个。“妹妹”听完说：“四阿姨，再讲一个。”

我讲完第二个，就说：“得睡了，不讲了。”“妹妹”很听话。我们两人都静静躺着。

忽然，我看见锺书站在门外。我就说：“你要什么?”

他说：“还没睡吗？我怕你们睡了。”

他要的什么东西我记不得了，大约是花露水、爽身粉之类。我开了灯，起床开了门，把东西给他。然后关上门，又灭灯睡觉。

“妹妹”说：“四阿姨，四阿姨。”

我以为她还要我讲鬼故事，她却是认真地追问：“你怎么知道四姨夫在外面?”

我是看见的。可是我怎么能看见呢？不用说黑地里看不见，即使亮着灯也看不见，门上虽有玻璃，我挂着两重窗帘呢。因为这间是卧室，我不愿客厅里的人能望见卧室。

我想了想，自己给自己解释似的说："大概我听见了脚步声。"

"没有声音。一点都没有。真的，四阿姨，没一点声音。"

穿了布底鞋在客厅的水泥地上轻轻地走，可以没有脚步声，可以没一点声音。我实验过。

"四阿姨，我觉得你睡着了。后来你一跳，就问四姨夫要什么。"

那么，是我做梦看见他了？可是他确实是站在门外啊。

当时我没法回答，只摆出长辈的架势，命令说："不多话了，睡！"

"妹妹"乖乖地翻身朝里睡了。第二天她也忘了，没有追问。

我倒是问了锺书："你在门口站了多久？"

他说："才站一站，听听。"他也没追问我怎么知道他在门外。

我心上却时常琢磨自己的梦和醒的分界。我设想，大约我将醒未醒，将睡未睡的时候，感官不坚守岗位，而是在我的四周浮动。我记得一九三五年我没到清华放暑假就赶早回苏州老家，人未到家，爸爸午睡时忽然感觉到我回家了，也该是半睡半醒中感到的吧？只是我并不在他身边，我还在火车站，或是由车站回家的途中。我的心已飞回家中。爸爸称为“心血来潮”，和我以上所说的经验稍有不同。

这都是我想不明白的事，所以据实记下，供科学家做研究资料。

一九九三年十月二十一日

（时在病中）

记章太炎先生谈掌故

大约是一九二六年，我上高中一、二年级的暑假期间，我校教务长王佩诤先生办了一个“平旦学社”（我不清楚是否他主办），每星期邀请名人讲学。我参与了学社的活动，可是一点也记不起谁讲了什么学。惟有章太炎先生谈掌故一事，至今记忆犹新。

王佩诤先生事先吩咐我说：“季康，你做记录啊。”我以为做记录就是做笔记。听大学者讲学，当然要做笔记。我一口答应。

我大姐也要去听讲，我得和她同去。会场是苏州青年会大礼堂。大姐换了衣裳又换鞋，磨磨蹭蹭，我只好耐心等待，结果迟到了。会场已座无虚席。沿墙和座间添置的板凳上挨挨挤挤坐满了人。我看见一处人头稍稀，正待挤去，忽有办事人员招呼我，叫我上台，我的座位在台上。

章太炎先生正站在台上谈他的掌故。他的左侧有三个座儿，三人做记录；右侧两个座儿，一位女士占了靠里的座位。靠台边的记录席空着等我。那个礼堂的讲台是个大舞台，又高又大，适于演戏。

我没想到做记录要上台，有点胆怯，尤其是迟到了不好意思。我撇下大姐，上台去坐在记录席上。章太炎先生诧异地看了我一眼，又继续讲他的掌故。我看到自己的小桌子上有砚台，有一叠毛边纸，一支毛笔。我看见讲台左侧记录席上一位是王佩诤先生，一位是我的国文老师马先生，还有一位是他们两位老师的老师金松岑先生，各据一只小桌。我旁边的小桌是金松岑先生的亲戚，她是一位教师，是才女又是很美的美人。现在想来叫我做记录大概是陪伴性质。当时我只觉得她好幸运，有我做屏障。我看到我的老师和太老师都在挥笔疾书，旁边桌上的美人也在挥笔疾书，心上连珠也似叫苦不迭。我在作文课上起草用铅笔，然后用毛笔抄在作文簿上。我用毛笔写字出奇地拙劣，老师说我拿毛笔像拿扫帚。即使我执笔能合规范，也绝不能像他们那样挥洒自如地写呀。我磨了点儿墨，拿起笔，蘸上墨，且试试看。

章太炎先生谈掌故，不知是什么时候的，也不知是何人何事。且别说他那一口杭州官话我听不懂，即使他说的是我家乡话，我也一句不懂。掌故岂是人人能懂的！国文课上老师讲课文上的典故，我若能好好听，就够我学习的了。上课不好好听讲，倒赶来听章太炎先生谈掌故！真是典型的名人崇拜，也该说是无识学子的势利眼吧。

我那几位老师和太老师的座位都偏后，惟独我的座位在讲台前边，最突出。众目睽睽之下，我的一举一动都无法掩藏。我拿起笔又放下。听不懂，怎么记？坐在记录席上不会记，怎么办？假装着乱写吧，交卷时怎么交代？况且乱写写也得写得很快，才像。冒充张天师画符吧，我又从没画过符。连连的画圈圈、竖杠杠，难免给台下人识破。罢了，还是老老实实吧。我放下笔，干脆不记，且悉心听讲。

我专心一意地听，还是一句不懂。说的是什么人什么事呢？完全不知道。我只好光着眼睛看章太炎先生谈——使劲地看，恨不得一眼把他讲的话都看在眼里，这样把他的掌故记住。我挨章太炎先生最近。看，倒是看得仔细，也许可以说，全场惟我看得最清楚。

他个子小小的，穿一件半旧的藕色绸长衫，狭长脸儿。脸色苍白，戴一副老式眼镜，左鼻孔塞着些东西。他转过脸来看我时，我看见他鼻子里塞的是个小小的纸卷儿。我曾听说他有“脑漏”的病。塞纸卷是因为“脑漏”吧？脑子能漏吗？不可能吧？也许是流鼻血。也许他流的是脓？也许只是鼻涕？……据说一个人的全神注视会使对方发痒，大概我的全神注视使他脸上痒痒了。他一面讲，一面频频转脸看我。我当时十五六岁，少女打扮，梳一条又粗又短的辫子，穿一件浅湖色纱衫，白夏布长裤，白鞋白袜。这么一个十足的中学生，高高地坐在记录席上，呆呆地一字不记，确是个怪东西。

可是我只能那么傻坐着，假装听讲。我只敢看章太炎先生，不敢向台下看。台下的人当然能看见我，想必正在看我。我如坐针毡，却只能安详地坐着不动。一小时足有十小时长。好不容易掌故谈完，办事人员来收了我的白卷，叫我别走，还有个招待会呢。反正大姐已经走了，我且等一等吧。我杂在人群里，看见主要的陪客是张仲仁、李印泉二老，李老穿的是宝蓝色亮纱长衫，还罩着一件黑纱马褂。我不知道自己算是主人还是客人，趁主人们忙着斟茶待客，我“夹着尾巴逃跑了”。

第二天苏州报上登载一则新闻，说章太炎先生谈掌故，有个女孩子上台记录，却一字没记。

我出的洋相上了报，同学都知道了。开学后，国文班上大家把我出丑的事当笑谈。马先生点着我说："杨季康，你真笨！你不能装样儿写写吗？"我只好服笨。装样儿写写我又没演习过，敢在台上尝试吗！好在报上只说我一字未记，没说我一句也听不懂。我原是去听讲的，没想到我却是高高地坐在讲台上，看章太炎先生谈掌故。

一九九三年十一月十日于病中

临水人家

我在苏州上大学的时候，因学校近在城墙边，课余常上城墙去绕全城走一圈，观赏城内城外的景色。离葑门城楼不远，有一处河，河水清湛，岸上几棵古老的垂杨柳树，长条蘸拂水面。水边有一块石凳，从这里沿着土阶土坡，有个小门，有堵粉墙。我从城墙高处，可望见墙内整齐的青竹篱笆和一座建筑犹新的瓦房。我每过这里，总驻足遥望，赞赏“好个临水人家!”没想到我竟有缘走进这个人家，而且见识到自己向往之处，原来是唐僧取经路上的一个小西天。

当时我正自习法文。我大姐假期里教了我基本读音，开学后她有工作，叫我自习。我学文法，记生词，作练习，私心希望有老师指点指点。那时候苏雪林先生在我们大学教课。她和我大姐是好友，知道我有意求师，就给我介绍一位比利时夫人。据我大姐说，这比利时女人嫁了一个留学比利时的中国学生。这人回国当了一个玻璃厂的厂长。他大哥是一位将军，二哥是旅社的老板；三兄弟同居一宅。洋夫人不习惯大家庭生活，另立小家庭；平居寂寞，很愿意和女大学生来往。经苏雪林先生约定日子，我就按地址找到她家去相见。

我一人胆怯，撺掇了同房的朋友同去学法文。我们从学校侧门出去，没几步就走离城市的街道，走入乡间的泥土小径。我们以为迷失了道路，可是经村人指点，很顺利地找到了大门——不是大门，只是个小小的篱笆门。入门有两只大白鹅扬着脖子迎来，一面叫，一面挥着脑袋啄人。原来大白鹅可充看门狗！我走入院子，一看，呀！这不是我神往已久的临水人家吗！

主妇听到鹅叫就迎出来。她年轻时大概漂亮，可是苍白憔悴。我当时自己年轻，在我眼里，她就像三四十岁的中年妇女了；身材太瘦些，却还挺秀。她穿一件退色过时的花绸子洋服，脚上是一双中国土式布鞋。我们在院子里互相介绍了自己。

那里并不栽竹种花。篱内围着几畦不知什么菜。篱下种的想是瓜豆之类，青藤细叶还没爬上半篱笆高。我们进入堂屋，里面是泥土地，没有压平。堂屋里有一只旧方桌，几条白木板凳，几只旧椅子凳子，凳子也当茶几用。我们送上礼物，主妇摆出茶点——粗茶、粗点心，我当时只觉得别具风味。

洋夫人不会说中国话，也不通英语。我带去的教科书是英法文对照的，她不能用。我们又不会说法语。她大概也从没教过学生。我们的上课很滑稽。她指点着一件件东西说出法文名词，如“椅子”、“茶杯”、“茶壶”等。她说的“茶杯”实际上是小饭碗。她说的“茶壶”和法语的“茶壶”口音不同。我们只会说“谢谢”。

她有个刚会走路的女儿，很像妈妈，脸色也苍白，眼睛也蓝色，只是更淡些。她乖得叫人不觉得屋里有个她。我只记得这位洋夫人当着客人，端起女儿，在泥土地上把了一泡尿。我还从未见过这么老土的洋夫人。

一会儿她丈夫回家了。他非常和气，满脸堆笑——不是“堆”，他的笑深深嵌在皱纹里。他满面皱纹，不知是怎么使劲地笑，才会笑出这么深的褶子来。我觉得这位皱面先生该有四五十岁那么老了。他很热情地请我们参观他的玻璃厂，我们也很客气地接受了邀请。

我们每星期到洋夫人家去一两次，照例是下午；第三或第四次去，只上了半堂课，那位玻璃厂长就来迎我们到他的厂里去参观。洋夫人说，她一会儿要去送饭，让我们跟着厂长同去。我们一起步行了好一段路，过了一座桥，走进一堆乱七八糟的小房子；其中一间破陋的大屋，泥土地，三面有墙，上面有顶，就是玻璃厂。一个角落里堆着些破玻璃瓶、破玻璃杯、破玻璃片。厂长说，没有原料，只能用破碎的玻璃再生产。沿着左右二墙各有个炉子：一个闲着，一个烧得正旺，熬着一锅玻璃浆。据说这炉子昼夜不熄，工人得轮班看守。我记不清工人有三个或四个。他们像小孩子吹肥皂泡那样吹起一个大玻璃泡，我们看着那泡泡越吹越长，带着火红色。据厂长解释，这长圆形的泡泡定型后截去两端，就成为底部相连的两个洋灯罩。他立即指点我们看那底部相连的一双双灯罩，晾在泥土平地上，已经冷却。据说乡僻的村子里还都用洋灯，而出产洋灯的只此一家，销路很好。我们很想看看火红的玻璃泡如何定型，碎玻璃怎会熬成浆，脆薄的连体双灯罩又如何分割等等。也许这都是秘方，也许是偶尔不巧，我们未有机会看到。因为厂长夫人正佝着腰，拓开双臂，抱着个有小圆桌面大小的笼屉进来了。有人帮她把笼屉抬上屋内仅有的一只方桌。屉内是一个个匀匀的大馒头。洋夫人转身又提上一洋铁桶的粉丝汤。我和我的朋友连忙告辞。

我们在回校的路上，直猜测：这餐晚饭，厂长是和工人同吃？还是回家和夫人同吃？这一笼屉大馒头，是就近买现成的？还是自己发面做的？馒头和粉丝汤，是由水路运来？还是由陆路运来？搬运的也许只是一桶粉丝汤？反正这位厂长夫人是够辛苦、够劳累的。我们曾参观过些工厂，如苏州的火柴厂、砖瓦厂，却从未见过这么简陋的工厂。玻璃厂如此简陋，那么，厂长的大哥是怎么样的将军，二哥是怎么样的旅社老板，好像也可想而知。

我的朋友不想再跟洋夫人学法文。她说："下回你自己去吧，我不陪你了。"

以后我就抱了一本字典去上课。我能胡乱造几句不合文法的句子。洋夫人对我说话，一个字一个字说。我不懂就查字典，这个字不合用再另查一个。我们一面反反复复地讲，一面查字典，还手脚并用地比划，表达语言所不达的意思，居然也能通话。例如我说："你这儿很美。"她就有一肚子话要告诉我。她说："我不爱大家庭，""大家庭不好，奢侈，懒惰，不工作，一天到晚打麻将。"她说，她丈夫有个离了婚的夫人也住在大家庭里。她讲自己生了孩子，顿顿只吃粉丝汤（她家墙上就挂着两卷干粉丝，指一指我就明白）。不知虐待她的是哥哥嫂子，还是那位原配夫人，我没好意思盯着问；也记不起以上的话是一次或多次讲明的。

我曾注意到她左手无名指上的结婚戒指制作粗劣，金色不正。后来我看见上面有清清楚楚的“大联珠”三字。我知道“大联珠”香烟，这戒指是香烟牌子抽签中彩的头等或二等奖品吧？不是配着指头大小打造的，拉长了是一条，两端稍薄稍窄，可以随手指的大小合成一圈。洋夫人是戴着玩儿吗？不！她很郑重地老戴着。她耳上戴一副洋金镶宝的小耳环，右手戴一枚洋金镶宝的戒指，并不珍贵，却都制作精巧。她不是没见过金饰的。不知那位皱面先生怎样向洋夫人解释“大联珠”那三个字。

一次她说要给我看一件东西。她到卧房去取，我跟到卧房门口等待。卧房在堂屋东旁，门开在墙壁北头，北墙上有个朝北的小窗，投入阳光。我抬头看到门旁墙上挂着一幅带镜框的大照片，照片的背景是一座洋房的侧面，正中是一大片草坪，前排椅上坐着几位年长的洋人，都很神气，后面站着许多年轻漂亮的男女青年。有个面颊丰润、眼波欲动的美丽姑娘，看来很像洋夫人。我等她出来了问她。她点头，一面指点说：这是她爸爸，这是妈妈，她指的就是她自己，其他是弟兄姊妹嫂子等；这一幅“合家欢”是她离家前照的。

据说，她父亲是玻璃厂厂长；她丈夫在比利时留学的时候，在她父亲的厂里实习。

照片上的洋夫人还是个很可爱的美丽姑娘。那时候，皱面先生大概面皮也还没皱吧？——至少没那么皱。他相貌原也不错。是厂长小姐看中了这位留学生？还是留学生迷上了洋姑娘？反正他们俩准是双双堕入情网，甜蜜得像蜜里的苍蝇，于是有情人终成眷属。女方父母是否同意这头婚事呢？合家欢的照片上没有皱面先生。洋夫人显然没带走任何嫁妆。不知这位留学生用什么仪式和姑娘行了婚礼。这位洋夫人是很虔诚的基督徒，也是很拘谨的女人，绝不肯未行婚礼而跟人逃走，“在罪孽中生活”。而且她得嫁给同样信仰的人。皱面先生是天主教徒，或许就因为要娶她而进教的吧？天主教不准结婚，可是离过婚的人想必也准进教。

她给我看的是一小方旧报纸——只两节手指那么大小的一个扁方块儿，上面是芝麻点儿似的细字，声明某某（皱面先生的大名）已与某某离婚。不知那是什么报纸，上面也没有年、月、日，显然是报纸末尾最没人注意的“寻人”或“招觅失物”栏目里的。

洋夫人想是要问，这小小一片报纸，是否是合法的证件。我不记得她怎么问，我怎么答。反正，我既然一看报纸就了解她的用意；那么，她看到我无心中流露的表情，当然也不用再等我回答。她必定在仔细观察。我不用自幸不会说法语。

我自从看清了那枚结婚戒指，看到了那幅合家欢的照片，看到了那一小方报纸上的离婚启事，觉得自己也参与了什么欺骗似的，心上不安，不愿再到洋夫人家去，我送了些礼物，撒谎说功课忙，就没再见她。

又过了不多久，大姐姐告诉我说，那比利时女人回国了。据说，皱面先生当着洋夫人对他们信奉的天主发誓：他如果欺骗她，天主降罚，让他们的女儿死掉。那个女儿果真死了。洋夫人不料这家伙竟敢亵渎神明，而且忍心把爱女作牺牲。她立即通知教会，请联系比利时驻中国领事馆。她就由领事馆送回家乡。

我设想她父母看到花朵儿似的女儿，变成了一片干叶子，孤单单一人回家，不知该多么心痛。我又设想，皱面先生准是经常的四面赔笑，才笑成满脸褶子。他大概得经常向赡养他原配夫人的哥嫂们赔笑，向自己的原配夫人赔笑，更得向洋夫人赔笑——使劲儿的赔笑又赔笑，可是还不行。他要洋夫人放心，只好横横心，发了那个誓。谁知道他那个苍白的乖女儿竟应声而死。他想必又赔着笑，和老妻重圆了——反正他们两口子压根儿没有离婚。那临水人家……到现在，不知还留下些什么痕迹。

我闭上眼睛，还能看见河岸上那几棵古老的垂杨、柳条掩映着那个临水人家——好一幅诱人神往的美景！

一九九四年四月一日于病中

方五妹和她的“我老头子”

方阿姨是“钟点工”（按钟点计工资的佣工），高高个子，很麻利，力气特大。她举重若轻，干活儿勤勤谨谨，不言不语。十多年前她初到我家，已经五十岁出头，可是看来只像四十。介绍人曾警告我：“你就是别跟方五妹说话，一说话就完了。”

我看她笑容醇厚，有一天忍不住和她说话了。她立即忘了干活，和我说个没完。

她是江苏一个小山村里的农民，多年在上海和北京帮佣。大跃进后，她丈夫饿死。“文革”中，她又嫁个北京老头子。她说话南腔北调。改不掉的乡音，如“蛋”说成“大”，“饭碗”说成“法瓦”，加上她自己变化出来的北京话，如“绒布”叫“浓布”，“肉丝”叫“洛死”，往往没人能懂。她常用来泄忿的话是“小（休握切）丫个”。问她是否骂人的脏话，她说不是，反正她自己也不明白。她三句不离口的是南腔北调的“我老头子”。

我曾说：“五妹啊，你哥哥是烈士，你妹妹是劳模，你要是在农村，准也是劳模。”

“劳模值个啥？不就是一块毛巾、两块肥皂！”她神情是不屑，胸中却犹有余愤，“我挑塘泥上坡下坡，小伙子都赶不上我。他们说：‘我们举方五妹做劳模。’那几个小丫个背后说：‘我们举插秧能手×××。’插秧，她插得过我？她们晚上一家家去说：不举我，举她。小丫个！也不过一块毛巾、两块肥皂，就这么鬼头鬼脑，半夜三更的一家家说去！”

据她说，她腆着个大肚子，插了不少秧。孩子下地恰好分田，孩子就取名阿田。可是她插了大量的秧，连工分都不给。一怒之下，她跑到上海当奶妈去了。

东家是个精明的宁波人。她又当奶妈又烧饭，又洗衣服又收拾房间，日夜没得休息，半夜奶完孩子还得纳鞋底。她光吃白米饭，奶水又多又好，孩子长得白白胖胖，长大了，那家就辞她了。

她回家一趟，又生个孩子，又出去当奶妈。孩子寄养乡间，糟蹋死一个。她总共养大两个儿子一个女儿。

她在上海偶被一位解放军军官夫人看中，带到北京，上了户口，先后在几个军官家工作。“文化大革命”，东家“斗私批修”，赶她回乡。她不得已，只好再嫁人。她常说：“我要是早到了你们家，我也不嫁老头子了喂。”

她管我叫“阿娘”。我听不懂，问锺书和圆圆。他们忍笑说：“大约是阿娘。”我问她本人。她说：“钱先生和大姐不都叫你阿娘吗?”我就成了她的“阿娘”。

她说，还记得她弟弟是三十四块钱卖掉的。当时她九岁，已经许了人家，不好卖她了。她妈妈把三十四块钱买几尺花布，给她做一身新衣，送到婆家当童养媳妇。

她叹气说：“没办法喂。”这也是她的常用词，听起来好像口头语，细味之下，或者过来人听到，会了解那是一句富有哲理的话。

她不肯为我家买菜，因为不会算账，赔钱赔够了。我说，不用赔，也不用算账。我把钱放在钱包里，花完给添上，很省事。

她买了菜，硬是要几分几角的向我报账。我“嗯、嗯”地答应，没听。第二天，她跑来气愤愤地责问：

“我昨夜和我老头子算了一夜的账。阿娘，你不老实。我不会算账，你是会算的喂！”

原来我少要了她一分钱。我不知怎样为自己辩解。恰好她装钱的钱包就在手边，顺手一抖，倒出一分硬币。

“我说，这不是？”

她看见钱有下落，就满意了，并不想想那一分钱也可能是我故意栽赃的。她渐渐习惯于我的不算账，可是记起自己算错了账，还是不顾一切要追究。有一次回家，刚放下菜篮子，着急说，错了几角几分。我说：“算了，便宜了卖菜人吧。”她早像一匹斗牛似的直冲出去，我不给她撞倒就算便宜，哪还拦挡得住。过一会儿她健步如飞地跑上楼，钱追回来了。我不便提醒她，她的时间比那几角几分贵。

她买东西常常付了钱忘拿东西。有时追不回来，气得大骂“小丫个”，还得我们去安慰她。她对某店的女售货员意见特大，她们说不懂什么叫“鸡大”。五妹向我讲述并形容：

“我说：‘我们叫鸡谷谷，谷谷谷谷嘎，（她一手放在身后作鸡下蛋式）这个你们叫什么？’她们龇着个牙说：‘鸡（读如 zi）大’（她刻意要模仿的‘蛋’字仍读成‘大’）。”她们准是戏弄她。

五妹来我家就提出要求，她得早早回家，家里有个老头子等着她呢。那老头子是退休的理发工。理发店后来改成饭店，还叫老头子看夜，让他包一餐午饭。他每天等五妹回家给他做晚饭，吃了上晚班。五妹常说："今天答应给我老头子包饺子（或馄饨，或做薄饼等等）。"

五妹，在我家工作的时间渐渐加多，也为我们包饺子，包馄饨，做薄饼，做得很细巧。她为我包的馄饨最小最少，为钱先生包的略大略多，为大姐包的更大更多。馄饨不分大小，一齐下锅。煮熟了，我的都不知去向了，先生的一塌糊涂，大姐的也黏黏糊糊。这地道是五妹干的事。她可是"抢手货"，谁家都要她，谁家都不肯放走。看来家家都明白，五妹是不易多得的人。

有一天，她好像存心要问我什么事。她说：

"阿娘，你说我老头子神经不神经？我那年给阿田也盖了房子娶了亲，我回乡去看我妈妈，住了两三四个月。我老头子唷，急死了，说我跑了，另嫁了一个老头子了。他也不想想我女儿就嫁在北京，我跑哪里去？我回家，胡同里正好碰见他。我在这边走，他从那边来。他一见我，吓得唷，你没看他那样子，就好比看见活鬼出现了。"

他们两个一同回家后，老头子的脸色还像死人一样灰白灰白。

她随后吐出她梗在心上的话：老头子把她的箱子撬了，箱子里有她的银行存单。

“存单还你了吗?”

“他替我收着呢。”

“存单上都换上他的名字了?”

“阿娘，你怎么知道的? ——我老头子说的，我的名字，他的名字，都一样。”

“那么，用你的名字不也一样吗?”

她忙解释：“我老头子最老实。我选中他就为他老实。当初有个转业的解放军要我。他是有钱的，家里有个躺在炕上的老爸爸。我嫁了他，只好伺候病人、伺候他了喂。我是要出去工作，挣钱养活我那几个孩子的。我找个最穷的，先和他讲好，我得在外边工作，等孩子都成了家，我才和他一起过。我老头子最老实，他都答应。”

“可是他把你的箱子撬了，存单偷了。”

五妹生气说：“阿娘，你怎么倒来挑拨呀? 别人呢，说说好话，和拢和拢。”

我不客气说："你老头子还不是偷了你的钱？看见你回来，就吓得见了活鬼似的。"

"天气冷了，他要找衣服穿啊。"

"他衣服藏你箱子里，你不给他留把钥匙？"

"他的衣服怎会在我箱子里呢！我的箱子里没他的东西。"说完忙转换立场，"我老头子是顶老实的。他问我有几张存单，我哪里知道！我就瞎说一个数。我说七张。咦！他两手背着，当着我的面，拿出来正好七张！"

"那就是假的。"

"怎么能假呢？他背着手拿着存单，站在我面前呢。我一说，他立刻拿出来了，不多不少，恰好就是七张。"

五妹想起当时情景，忍不住还笑。她说："我老头子真坏，他还考我，总共多少钱。我哪里知道！"

我叹气说："五妹啊，你真是个糊涂'大'。"不过我想她其实并不糊涂。她心上老有那么个疙瘩，要我给她解开，或为她排除。我问她："你的钱都交给老头子吗？"

"他从来不问我要，他只说：'藏在你的围兜里吧。'——这是他逗我的，他从来不掏我的围兜。"

五妹知道自己爱掉东西，钱都交给她老头子保管。她有个千层围单，底子是我家的蓝布围裙，她添上一层又一层，面上一层是黑色的，里面每层布上都有一个口袋。我记得有一层是人家寄茶叶的白布，上面还有没洗掉的地址和“钱锺书先生收”。我笑说：“五妹，你把自己丢了，会有人捡到了送我这儿来。”

有一次，她到了我家又像斗牛似的冲出去，比往常冲得更猛。我只听得她说：“围兜掉车上了。”

我想：“车早开走了，哪里去找啊。”

不一会儿，她笑吟吟地回来，手里拿着她的千层围兜。原来她那围兜给人扔出车外，撂在停车的路边。谁要这乱七八糟的一堆破布呢！她及时捡回来，摸一摸，再掏出钱来数数，数字还不小呢。

她爱掉东西，可也常会捡到东西。有一次，她对我叹气说：“我把你家的东西都洗晒了，我自己家的东西脏得要死，哪有工夫啊。”我特地放她半天假——就是白给工资不用她工作，让她回家收拾家里的衣物。第二天我问她洗晒没有。她说：“咳！我老晚老晚才回家。”原来她在公共汽车里捡得一只手表，她认为很贵重的表，料想丢表的人一定很着急，就站在车站上死等。

我说："你交给车上就行。掉了表的人自己还没知道呢，你哪里找去？"

她说："我硬是等（'硬是'也是她南腔北调的常用词儿，表示她的牛劲），真等着了！那人好高兴啊！直谢我，还要给我钱。路上人都说，这个老太太该表扬。"

她对"表扬"就和对待"劳模"一样不屑。"表扬！我拾到了更值钱的东西都没要表扬。"她说，有一天晚上（她当时在某军官家带孩子），抱着孩子看电影。散场发现孩子丢了一只鞋。她满地找，没找到小鞋，却捡到了一只饱满的大钱包。包里有布票、粮票、很多人民币，还有外汇，还有存单。后来失主要谢她，她说："要人谢干吗？这又有什么可表扬的！"

我私下和锺书下结论：一个人的道德品质和智力不成正比。五妹认字、学加法都不笨，只是思维逻辑太别致，也该是智力问题吧？

五妹很得意地告诉我："我老头子攒钱呢。"

那老头子每月的退休金那时候不足一百。可是他在自己名下，每月存一百元。五妹的工资比他多二三倍，日用开销全由五妹负担。她自己非常省俭，连一根冰棍儿都舍不得买，可是供养她老头子却不惜费用。她说：“我老头子变‘修’了喂，早点非要华夫饼干……阿娘，像你这么一匣，他一顿就光了；大把的香蕉，两顿三顿就吃完；不喝白水，喝饮料，喝啤酒。”五妹常为他大块大块的煮肉。她诧怪说：“北方人吃东西只会大口吞。好大一块肉，也不咬，也不嚼，一口就吞了。一个包子只一口，分两口也来不及。”五妹只看他吃，虽然她说“我也吃”，显然只看不吃，至多是象征性的陪吃。

五妹听了我的话，向老头子提出要求，存款也该用用她的名字。老头子居然答应。有一张到期的千元存单，户主改为方五妹，五妹很满意。可是刚存上就给老头子的女儿小青借去了。五妹常说小青心眼最多。她这个月还二百，过几个月还一百，又还一百，就不还了。

五妹叹气说：“没办法喂。小青说的，‘从前一千元值多少？现在一千元值多少？’”

她说到这里，只好把隐情和盘托出。当初她给小儿子阿田寄钱，说造房子的一千元是老头子给的。阿田成亲后生了孩子，过了两年了，忽然想到写封信感谢老头子。“我老头子得意死溜！把信给儿子看，给女儿看。”

老头子的儿子“上山下乡”，娶了外地人，仍在外地，但经常出差回北京。小青在个什么店里当“经理”。老头子常得意说：“总算我们史家出了一个史青!”她丈夫是个工人，业余站在路边向来往行人推销假手表，很赚钱。他们兄妹看了阿田的感谢信，大闹，说：“爸爸倒有钱给人家造房子。”

我说：“你该把事情说清楚呀。”

五妹觉得事情太分明了，还用说吗！“我嫁老头子的时候，他穷得唷，只有一块铺床，小青和他同睡那块铺板，只有一条破被。结婚问人家借了一床被。家里什么都没有，只有他单位的‘福利金’借条，好大一叠，有三寸来厚。他前头的那一个（指前妻）成天躺在床上生病，新蒜苗上市就买来吃，以后二十多天只好借钱吃窝头。他哪来钱！我存的那些钱，我女儿的财礼银子都在里面呢。”

我慨叹说：“你老头子真是死要面子不要脸。他的儿子、女儿，还是糊涂，还是胡赖呀?”

“谁知道他们!”

“那你得当着老头子的面，把事情说清楚。”

五妹说：“说了，他要气的喂。气出病来怎么办？他拿了阿田的信，好得意啊！你没看见他那得意哦!”

我把事情告诉锺书和阿圆。他们都很气愤。五妹诧怪说：

“你们生什么气！我都不气！我从来不生气。说给你们听是出出气喂！扫扫我老头子的面子喂！”

可是她感激老头子多年让她在外面工作赚钱，总说她老头子又正派，又老实。也许，绝大多数的人都像她老头子那样，觉得自己又正派，又老实。五妹经常听到的，当然就是她老头子的自我表白。所以五妹觉得他不但正派、老实，一切美德，应有尽有。如果我说起某人整洁，她就说：“我老头子就是这样。我老头子可不像钱先生这样随便。他领子里总衬着雪白的假领，两肩还垫着垫肩，吃得又白又胖。”

“他知道是谁喂得他又白又胖吗？”

“他常说的，前生烧了柱子般粗的香。”

五妹特地带了她老头子的照片给我看。我看到一个迷迷糊糊的脸，想到“又白又胖”，赶紧把照片还她，手指好像碰了肥蛆似的。我等阿圆回家，讲给她听。她笑说：“妈妈还不明白，老头子是五妹的‘白马王子’呀！”

我平心想想，老头子凭什么不配充当“白马王子”呢？他撬了箱子，拿了存单，忽见五妹回家，吓得面无人色，足见他还有天良。有的人竟是面不红、心不跳的呢！五妹不计较，把钱交他保管，那些存单不是他们夫妻共有的吗？何况他以后每月都存钱。他大半辈子借债过日子，一旦有人来信感谢他给了大笔的钱，他还不得意忘形！他穷饿了大半辈子，吃到大块大块的红烧肉，怎能不大口吞？他尝到生平没尝过的美味，自幸娶得好老婆，说是“前生烧了柱子般粗的香”，可见他也还知道感激。他天天等五妹回家，还要“逗”她，还要“坏”，不是很多情吗？“白马王子”早该从宫殿里、英雄美人的队伍里走入寻常百姓家了。

老头子有职业病，静脉曲张，烂腿。他出门坐轮椅，由五妹推往浴室去扦脚。五妹说：“我一身大汗，站在外面风地里，吹了风直咳嗽，他倒坐在里面顶舒服，半天也不出来。我现在自己给他扦，也省了钱。”可是五妹常带些抱歉告诉我，她又给老头子扦破了皮。她有时包烂腿包得太紧，“我老头子唷，痛了一天。”

我说：“他又没烂掉手，不会自己解开吗？”

“他弯个腰都不会，只对我伸出一只脚。”

我不爱听，不理。

一次她请假要送老头子上医院看病。五妹最不信医院。用她的话：“这个窗口排队，那个窗口排队，上楼，下楼，转了半天，见到大夫，说一句半句不知什么，开些贵药，又一次次排队，交钱，小丫个！药又不灵！”她有病痛，只找“大姐”或“阿娘”做赤脚医生，我们总买些常用药备用。但这次老头子牙痛，不能间接请我们医治。据五妹说，她家门口来了个镶牙的，摇晃着一口雪白的假牙。她看到那口假牙又白又整齐，就叫他给老头子镶牙。那人在老头子牙上抹了些不知什么东西，就要多少多少钱。老头子生气，要把那人扭送居委会。五妹怕气坏了老头子，忙塞些钱给那镶牙的，叫他赶紧逃跑。老头子当晚就牙痛，“痛死了唷！得上医院。”

到了医院——当然是老头子坐着，她一次次排队，上楼、下楼，然后扶老头子看大夫。大夫说，他牙上糊着水泥呢，没法治，得去了水泥才能治。老头子牙上的水泥经过不知多久的磨擦才除掉，除掉了也不需找大夫了。

有一天，五妹跑来，脸又紫又肿，像个歪茄子。她说是气得牙痛了。我和阿圆做她的赤脚医生，细细明白原因。据说，老头子上山下乡的儿子，要送一个女儿回北京上学；学费、生活费等等，都要老头子负担。五妹又从这个十四五岁的小姑娘嘴里得知，老头子经常给儿子寄钱。那边家里大立柜、冰箱、彩电等大件，一应俱全。老头子这边呢，冰箱、彩电等都是五妹的女儿给买的。五妹气得和老头子吵架了。“我老头子说：

‘人人都有私心喂!’”

老头子的私心是护自己的儿女，五妹的私心只是护着老头子。五妹觉得太不公道了，赌气说：“小丫个！不干了!”

我和锺书和阿圆都很同情，异口同声，赞成她的“不干”。

五妹使劲说：“我明天不来了!”

我们三个目瞪口呆，面面相觑。没想到五妹对老头子的那口怨气，全发泄在我们身上。

我记起她从前对我讲的话：“我这个人最没有良心。我在那宁波人家奶大的孩子又白又胖又大；回到家乡，一看我那阿田，又黑又瘦又小，气得我，把阿田死打一顿，狠狠地打；他越哭，我越打。”

如今她不愿为老头子挣钱，就一下子撇下我们不管了。她说不来，就是不来了。

我对锺书叹气说：“看来一个人太笨了，不能是好人。”

锺书问：“为什么?”

“是非好歹都分辨不清，能是好人吗?”

“谁又分辨得清?”

我得承认，笨不笨，我和五妹之间也不过五十步和一百步的差距。做事别扭，也不等于为非作歹。我自己对这点儿“是非好歹”就不大清楚，却向五妹“横扫”！

我记得那是一九八七年，五妹已在我家帮了三年，我们都懒散惯了。可是我们不靠五妹，也能过日子。我买一架全自动洗衣机，我管洗。圆圆管买菜、做菜。她平时如果在家，喜欢为我们做菜，五妹只是个帮手。我管煮粥、煮饭。上楼、下楼、拿报、拿信，向来是锺书的事。他的耳朵好比警犬的鼻子，邮递员远远叫一声他就听到，脚步又快，我总抢不过他。有时我和锺书一起上菜市买菜，洗碗是阿圆的事。反正我们齐动手，配合着干，日子也过得很愉快。没有五妹，也省掉好些絮烦。

例如五妹看了电视剧，总要向我们细讲故事。她看了钱先生的《围城》，也对钱先生讲个没完，什么“鲍小姐把苏小姐的手绢儿扔海里去了”等等。她看了《唐明皇》就对我讲历史。我说：“行了，五妹，这些事，我知道。”

她说：“你看的是书上的，我看的是真的喂。”她硬是要讲。

她家住在城市的旮旯里，交通非常不便。她虽然识得几个字，还是文盲。公共车辆改了路线，她硬是要走原路。她出门磨磨蹭蹭，每天迟到。晚上她又怕天黑了路上不安全，老头子要盼她。我们催她早走。晚饭后，阿圆刷锅洗碗，锺书把碗碟搬往厨房，我抹桌子收东西，她却找了一块破抹布，千针万针地缝。她说："我要走，还不'浓'易，站起来就走了喂。可是你们用了我干什么的？你们都忙，我倒走了！"又说："早出去，不也是等车吗？"我们说好说歹说通了她，临走，总还要问："手表带了吗？月票拿了吗？东西拿全了吗？"她一前一后背着两只口袋，手里又提个口袋，走了。可是我们刚锁上门，她又回来了，忘了什么东西。天天如此。早上来，总说："我老头子急死了，接我没接到，走岔了路。"

她的犟劲儿也够大的。她拖地不计两次、三次，却不爱扫地。我扫出了垃圾，她觉得是鸡蛋里挑出来的刺。原因是她看电视看得眼前一片黄，只觉得地上很干净。我自己扫，她还不高兴。锺书叫我千万别和她生气，那是鸡蛋撞岩石。我只好把五妹当作我的"教练"。

过了大约半年，五妹又回来了。她问："你们找人了吗？还没找？我回来了，要我吗？"

她说回老家去了一趟。也许是真的。我们觉得家务事很烦琐，五妹回来正好。

看来五妹对老头子仍是"不干"精神，不积极为他挣钱，她只做我们一家了。不知哪天，她把镶嵌着她妈妈照片的镜框子也挂在我家厨房里了。

锺书悄悄对我说：“她把‘家堂神’也挪这儿来了。”

我叫五妹把蒙在照片上的透明纸揭开，看了她妈妈的照片——一个很瘦小的老人。五妹对我说：“我真羡慕大姐，天天和妈妈在一起。我白天人在这里，晚上就在我妈妈那边，天天晚上做梦和妈妈在一起——我妈妈真可怜，哥哥死了，她哭啊哭啊，哭瞎了眼睛。一个人住在猪圈旁边的小屋里，吃些猪食；一双小脚，天天还上山砍柴。”

“她是烈士的妈妈呀！”我说。

“没用，都在侄孙媳妇手里。”乡间女人少，那侄孙媳妇有点儿不称心就会跑走。五妹叹气说：“没办法喂。”我想：确也没办法，女儿不能住在一起，写信寄钱都没用。后来她妈妈冻饿而死，死后几天才被人发现。

五妹过不了几年又和老头子生大气。这回的矛盾更大了。老头子的儿子、儿媳妇，连同一个孙子，由小青拉关系，全家户口都迁进北京，儿子、儿媳妇的工作都安排好了。小青早就问老头子要钱送礼。“礼物要‘见金’。”不知她什么神通，外地那伙人立刻就要来北京和老头子同住了。

老头子为了会见儿媳，忙着要做一件呢大衣风光风光。他说，别人都穿呢大衣，他一辈子没穿过，枉做了一世人。他和女儿忙忙碌碌，欢欢喜喜，准备祖孙三代大团圆。五妹发现，大团圆里她不仅是多余的人，还是个障碍物。

她家只有两间屋。她和老头子至多只能腾出一间。小青把五妹攒积的“财宝”当垃圾扔。“他们”认为有用的，如白糖、肥皂、油等等都留作“他们”的。

终于“他们”都到了北京，老头子穿上呢大衣，祖孙三代大团圆了。可是事情总不能尽如人意。外地的儿媳妇不懂得“北京规矩”，见了公公理都不理，更别说叫“爸爸”。儿子、孙女儿跟着她也不理不叫了。反正儿媳妇看不上这个公公。

老头子所属的饭店，嫌他看夜只睡觉，不要他了，也不让包饭了。五妹叹气说：“我老头子最正派，谁都怕他。他看夜，没人敢偷东西。大家都嫌他喂！包饭也只为他多要了一两碗肉，那端菜的小伙子小丫个，碗里撒把盐，齁咸齁咸，喝多少水也解不了渴，我老头子也不敢再要了。”

“他们”全家“像住娘家似的”，饭食由老头子供应，也就是由五妹供应。长期下去怎么办？五妹建议分炊。老头子是一家之主，他说：“父子怎能分炊？我老来还要儿子养活呢！”争议结果，五妹让出她的炉、灶、锅、碗等供“他们”使用。老头子把他的伙食包给儿媳妇，每月交饭钱。五妹不愿多付钱，就没饭吃，也没有做饭的地方，一日三餐只好都依赖我家。

老头子先是挤到儿子屋里去吃饭，儿媳妇就把肉、香肠、鸡蛋等埋在儿女的饭碗底里，桌上只一碟子菜帮子或黄瓜、萝卜丝。以后他们干脆不让老头子进屋，说挤不下，把饭送到他自己屋里独吃。早饭是一个馒头或一角烙饼，午饭是又粗又硬的面条，包子或饺子是土豆馅儿。五妹发现，他们自己吃的是肉馅儿。老头子不敢嫌，只说咬不动，都剩给五妹吃。反正他的早饭是华夫饼干，可是大块大块的肉就没有了。据我观察，五妹有她的原则，她决不利用我家煤火为老头子炖肉。

我问五妹：“你天天吃他剩的，又掏钱给他买好的?”

五妹悄悄对我说：“现在是他给我钱，我一个钱都不给他了。”老头子每月给五妹一百元，后来又减些。钱，反正五妹都花在老头子身上。其余的退休金全给儿子，老头子自己花存款的利钱。有一个时期利钱很高，所以老头子“阔死了”！茶叶要喝几百一两的，又吃上了松子；哈拉的便宜，一买二斤，大把大把吃。他说：“不吃白不吃，枉做了一世人。”那几张存单“你看，我看，你数，我数，都摸烂了”。他们说：“还有八千多。”五妹早就看破，这八千多没她的份儿了。

五妹开始又自己存钱，存单自己藏着。据说“他们”把沙发垫子都拆开了，哪儿哪儿都翻过几遍，想找她的钱。

她得意说：“我藏钱的地方，谁都找不着。”

我和阿圆料想她准藏在屋顶或墙里，警告她说，你家屋子可能给大风刮倒，可能失火。我又说：“藏了钱，总该另有一人知道。”

五妹说：“我老头子也这么说——可是我妈妈教我的，藏钱，右手也不能让左手知道。”她当然不肯藏在我这里，更不让我记下账户号码，记下就泄漏天机了。

后来她的存单到期了。恰好她的大儿子来北京探亲。五妹已不像从前那样，什么事都依顺老头子。她背着老头子，在女儿家母子团聚，把几张存单换了现款，交给自己的儿女。阿田吃过她毒打，她给了个上上份儿。

五妹居然没等存款到期，就把机密告诉我。她说：“存单藏在扁扁的铁匣里，压在屋梁下。谁也够不到，谁也托不起屋梁。”她把老头子赶上公厕，站上桌子，就可以拿出她的铁匣。

五妹的儿女都不缺钱。两个儿子已经由民工转为包工头，女儿也富裕，都愿意家里有个妈妈，甚至愿意把老头子也接去。五妹“硬是”不愿意受供养，认为那就是“白吃饭，没工钱”。她要求自己工作，自己挣钱。她只怕老头子一旦病倒，她就不能工作。有一次我听见她在电话里对她的女儿说：“我不是怕他，我是怕他生病。”

五妹不用再为儿女挣钱，就买许多老头子爱吃的东西，和老头子一同享受。可是老头子看到好吃的东西，就想到“他们”，食不下咽。等五妹一转背，就把五妹的东西往“那边”送。五妹惯爱忘事，每次出了门，总得又回去，回去就发现老头子把她的东西往儿孙那边送。五妹气得说：“小丫个！总背着我送！当着我送不还好些？”

我说：“五妹啊，你最快活的事就是和你的老头子一同坐在床上，吃吃东西，打打扑克，看看电视。”五妹点头说：“就是喂。”

我说：“老头子最快活的事，就是把你的东西，送给儿子、孙子他们吃。”

五妹叹气说：“没办法喂。”

我说：“你这个自私自利的死老头子！”说完忙补上一句：“放心，你的老头子骂不死，越骂越长寿。死老头子！！”

五妹觉得我又给老头子添了寿，又为她泄了恨，满面喜笑，嘴巴都张开了，恨不得把我这串话都吃下去。她诉苦说：“我老头子还埋怨呢，娶了老婆什么用，家里事不管，成天在外边。他还想要我给‘他们’做饭呢！”

据说，一个人最担心的事，往往最可能实现。五妹只怕她老头子中风，她老头子就中风了。总算儿女帮着办了手续，老头子住进医院。他享受公费医疗。

电话里，我问五妹：“你陪住，睡哪里？是不是睡病床底下？”因为听说有的医院里确是那样。

“阿娘，我一辈子也没现在这么高级！面对面，两张床；中间还有个床头柜！”

她家的大木床是我给的。老头子做夜班，两人轮着睡，靠里半床堆东西。老头子不做晚班，他就占了五妹的床。五妹半身睡沙发，半身睡椅子，因为沙发的另半边也堆满东西。

“不嫌你睡脏了病床？”

“我老头子睡的就是脏床。一个病人刚走，他就睡上去了。”

“你睡那床得花钱吧？”

“花！小青说的，钱花得越多，越上算。”

老头子自从中风瘫痪，就完全属于五妹一人了。儿子女儿也出出主意，也帮帮忙，他们都是旁人。

五妹忧虑得不错，老头子病了就完全由她负担了，她自己也不能工作了。

老头子的病倒是不重。病人好些，医院赶他们回家。八千元已经花光，儿媳妇也不管包饭了。五妹只争得使用炉灶的一半权利。两人靠老头子的退休金生活。

我问五妹：“钱够花吗？”

“够！一月三四百呢，够花的。”

“你给他们做饭了吗？”

“一顿也没做！”

我安慰她说：“你不是指望老两口子做做伴儿，一起过日子吗？你称心了，享福了。”

她说：“就算是享福哩喂！没办法喂。”

一九九七年五月十九日

钱锺书离开西南联大的实情

一九三九年暑假，锺书由昆明西南联大回上海探亲，打算过完暑假就回校。可是暑假没过多久，他就接到他父亲来信，说自己年老多病，远客他乡，思念儿子，又不能回沪。当时他父亲的老友廖茂如先生在湖南兰田建立师范学院，要他父亲帮忙，他父亲就在兰田师范任职，并安排锺书到兰田师范当英文系主任，锺书可陪侍父亲，到下一年暑假，父子俩可结伴同回上海。锺书的母亲，弟弟，妹妹，连同叔父，都认为这是天大好事。有锺书陪侍他父亲，他们都可放心；锺书由他父亲的安排，还得了系主任的美差。这不就完善得“四角俱全”了吗？锺书不是不想念父亲。但是清华破格聘他为教授，他正希望不负母校师长的期望，好好干下去。他工作才一年，已经接了下一年的聘书，怎能“跳槽”到兰田去当系主任呢？他又不想当什么系主任。即使锺书这么汲汲“向上爬”，也不致愚蠢得不知国立清华大学和湖南兰田师院的等差。不论从道义或功利出发，锺书绝没有理由舍弃清华而到兰田师院去。锺书没有隐瞒他的为难。可是家里人谁也不理睬，谁也不说一句话，只是全体一致，认为他当然得到兰田去，全体一致保持严肃的沉默。锺书从小到大，从不敢不听父亲的话（尽管学术上提出异议），他确也不忍拂逆老父的心愿。我自己的父亲很“民主”，从不“专孩子的政”，可是我们做儿女的也从不敢违抗父亲。现代的青年人，恐怕对这点不大理解了。锺书表示为难，已有倔强之嫌；他毕竟不敢违抗父命。他父亲为师院聘请的人，已陆续来找锺书。他父亲已安排停当；找这人那人，办这事那事。锺书在家人的压力下，不能不合作。可是就此舍弃清华，我们俩都觉得很不愿意。

我们原先准备同过一个愉快的暑假，没想到半个暑假只在抗衡不安中过去。拖延到九月中旬，锺书只好写信给西南联大外语系主任叶公超先生，说他因老父多病，需他陪侍，这学年不能到校上课了。（参看《吴宓日记》第七册 74 页“一九三九年九月二十一日，8:30 回舍，接超［叶公超］片约，即至其宅，悉因钱锺书辞职别就，并谈商系中他事。”）

锺书没有给梅校长写信辞职，因为私心希望下一年暑假陪他父亲回上海后重返清华。

叶公超先生没有任何答复。我们等着等着，不得回音，料想清华的工作已辞掉。十月十日或十一日，锺书在无可奈何的心情下，和兰田师院聘请的其他同事结伴离开上海，同往湖南兰田。他刚走一两天，我就收到沈茀斋先生（梅校长的秘书长，也是我的堂姐夫）来电，好像是责问的口气，怪锺书不回复梅校长的电报。我莫名其妙。梅校长并没来什么电报呀！我赶紧给茀斋哥回了电报，说没接到梅校长的电报，锺书刚刚走。同时我立即写信告诉锺书梅校长发来电报，并附去茀斋哥的电报。信寄往兰田师院。

我曾在报纸上看到有人发表钱锺书致梅贻琦和沈履（即沈茀斋）信，我没见到过锺书这两封信，值得重抄一遍。钱锺书致沈履信如下：

> 茀斋哥道察：十月中旬去沪入湘，道路阻艰，行李繁重，万苦千辛，非言可尽，行卅四日方抵师院，皮骨仅存，心神交瘁，因之卧病，遂阙音书。十四日得季康书云，公有电相致云虽赴湘亦速复梅电云云，不胜惊怵。不才此次之

去滇，实为一有始无终之小人。此中隐情，不堪为外人道。老父多病，思子欲痗，遂百计强不才来，以便明夏同归。其实情如此，否则虽茂如相邀，未必遽应。当时便思上函梅公，而怯于启齿。至梅公赐电，实未收到，否则断无不复之理。向滇局一查可知也。千差万错，增我之罪。静焉思之，惭愤交集。急作书向梅公道罪。亦烦吾兄婉为说辞也……昆明状态想依然。此地生活尚好，只是冗闲。不知明年可还我自由否。匆匆不尽。书已专函寄梅公矣。即颂

近安

小弟　锺书顿首　十二月五日

钱锺书致梅贻琦信如下：

月涵校长我师道察：七月中匆匆返沪，不及告辞。疏简之罪，知无可逭。亦以当时自意假满重来，侍教有日，故衣物书籍均在昆明。岂料人事推排，竟成为德不卒之小人哉。九月杪屡欲上书，而念负母校庇荫之德，吾师及芝生师栽植之恩，背汗面热，羞于启齿。不图大度包容，仍以

电致。此电寒家未收到，今日得妇书，附茀斋先生电，方知斯事。六张五角，弥增罪戾，转益悚惶。生此来有难言之隐，老父多病，远游不能归，思子之心形于楮墨。遂毅然入湘，以便明年侍奉返沪。否则熊鱼取舍，有识共知，断无去滇之理。尚望原心谅迹是幸。书不尽意。专肃即叩钧安

门人　钱锺书顿首上　十二月五日

致沈履信所说“十四日得季康书”，当是十一月十四日，钱锺书到达兰田师院的日子，因为他路上走了三十四天。给梅校长信上的“今日”，当是泛说“现在”。他跋涉一个多月到达兰田，方知梅校长连着给了他两个电报。他不该单给叶先生写信而没给梅校长写信，这是他的疏失。梅校长来电促他回校，实在是没想到的“大度宽容”。不知前一个电报是由谁发的、什么时候发的。我们确实没有收到。不知校方是否查究过这个电报的下落。第二个电报偏又迟到了一两天。如果锺书及时收到任何一个电报，他是已经接了聘约的，清华没解聘，他就不能擅离本职另就他职。他有充分理由上禀父母。他可以设法去看望父亲而不必离开清华。命运就是这么别扭。工作才开

始，就忙不迭地跳出去“高升”了，不成了一个“为德不卒”“有始无终”的“小人”吗！锺书所谓“难言之隐”“不堪为外人道”的“隐情”，说白了，只是“迫于严命”，而锺书始终没肯这么说。做儿子的，不愿把责任推给父亲，而且他自己也确是“毅然入湘”。锺书就是在这样的情况下，离开了西南联大。

一九九九年五月

狼和狈的故事

前言： 我有个亲戚是地质勘探队员，以下是他讲的亲身经历。

我们地质勘探队分好多组，我属钻机组。一次，我们的钻头坏了，几个钻头都坏了，组长派我到大队去领钻头。大队驻扎在一个大镇上，离我们那个小组相当远。我赶到大队所在的镇上，领了四个钻头，装在一只大口袋里，我搭上肩头就想赶回小组去。从大镇出发，已是黄昏时分。当时天气寒冷，日短夜长，背着沉甸甸的四个钻头，只怕天黑以前赶不回去。但是我怕耽误组里的工程，匆匆吃了些东西就急急赶路。

我得走过一个荒凉的树林。林子不大，但是很长，都是新栽的树苗；穿过这一长片树苗林，再拐个弯，再爬过一座小小的山头，前面就是村庄。过村庄就是大道了。

我走得很快。将要走出树林的时候，忽觉得身后有什么家伙跟着。这地带有狼。我怕是狼，不敢回头。我带着一根棍子，也有手电筒。不过狼不怕手电。我不愿惹事，只顾加紧脚步往前走。走出树林，看见衔山的太阳正要落下山去。太阳一下山，余光很短。我拐了弯上山不久，山里就一片昏黑。我指望拐弯的时候甩掉身后跟着的家伙，可是我仍然觉得背后有个家伙跟着。我为了壮胆，走一段路，就放开嗓子轰喝一声，想把背后那家伙吓走。我走上山头，看见月亮已经出来了；下山的时候，月亮已经升上天空。我快步跑着冲下山坡，只觉得跟在身后的家伙越逼越近了。月光明亮，斜过眼睛瞄一瞄，就能看见身边的影子。我身后跟着的不是一头狼，是一个狼群！

前面就是村庄。我已经看见农家的场地了。我忙抛下肩上的大口袋，没命地飞奔，一面狂喊“救命！”一群狼就围着我追上来。

村里人正睡得浓，也许是风向不顺，我喊破嗓子也没个人出来。月光下，只见场地上有个石磙子，还有一座和房子般高的柴草垛子。我慌忙爬上柴垛，一群狼就把柴垛团团围住。狼跳不高，狼腿太细，爬不上柴垛。我喘着气蹲在柴垛上，看着那群狼围着我爬柴垛，又爬不上。过了一会儿，有一两只狼就走了，接着又走了两只。我眼巴巴等待狼群散去，但是剩下的狼并不走，还在柴垛周围守着。

过了一会儿，我看见两只狼回来了，同时还来了一只很大的怪东西，像一头大熊。仔细一看，不是熊，是两只狼架在一起：一只狼身上架着另一只很大的狼。几只狼把那头架在上面的大狼架上石碾子。大狼和其他三四只狼几个脑袋聚在一起，好像在密商什么事。那只大狼显然是发号施令的。一群狼随即排成队，一只狼把柴垛的柴草衔一口，放在另一处，后一只狼照样也把柴垛的柴草衔一口，放在另一处。每只狼都挨次一口一口地衔。不一会儿，那柴垛就缺了一块，有倾斜的危险。我着急得再次嘶声叫喊救命！村子里死沉沉地，没一点儿动静。

一只只狼一口一口又一口地把柴草衔开去。柴垛缺了一块又缺一块，倾斜得快要倒了。我自料柴垛一倒，肯定是这群狼的一顿晚餐了。那头大狼真有主意。狼爬不上柴垛，可是狼能把柴垛攻倒。我叫喊无应，又不能插翅飞上天去，惶急中习惯性地想掏出烟斗来吸口烟。我伸手摸到了衣袋里的打火机。狼是怕火的。反正我也顾不得自身安全了。我脱下棉袄，用打火机点上火，在风里挥舞，那件棉袄就烘烘地着火燃烧了。我把燃烧着的棉袄扔在柴垛上，柴垛也烘烘地燃烧起来。这时候大约已是午夜三点左右，我再次向村里叫喊：“救火呀！救火呀！着火了！着火了！”

火光和烟气惊醒了村民。他们先先后后拿着盆儿桶儿出来救火。一群狼全逃跑了。只有石碾上的那头大狼没跑，给村民捉住。原来它两条前腿特短，不能跑。它不是狼，是狈。

柴垛的火很快就扑灭了。我捡回了那一口袋四个钻头，没耽误小组的工程。那头狈给村民送给河北动物园了。我们经常说“狼狈为奸”，好像只是成语而已，因为狈很少见。没想到我亲眼看到了“狼狈为奸”。狈比狼刁猾，可是没有狼的支持，只好进动物园。

二〇〇〇年九月二十四日

难忘的一天

一九四四年冬，上海盛传美军将对上海来一个“地毯式轰炸”。逃到上海避难的人，又纷纷逃出。我父亲带了我的大姐和三姐、三姐夫的全家老小，回到苏州庙堂巷的老家。我们夫妇和女儿阿圆，以及寄宿在校的小妹妹杨必；还有当眼科医生的弟弟，都还留在上海。

一九四五年三月二十六日午后五时左右，弟弟忽来电话，说接到大姐姐从苏州打来的长途电话，说爸爸有病，叫弟弟尽快回苏州。弟弟立即通知了我和阿必。那时上海沦陷在日军管辖下，买火车票很困难。我们无法买到二十七日的车票。要赶早回苏州，惟一的办法是乘长途汽车。经电话问讯，得知长途汽车不一定开往苏州，需当天去问，当天买票。

阿必到我家来住了一晚。二十七日清早，天蒙蒙亮，阴有小雨，我和阿必忙忙地吃了几口粥，各带一个小小的提包，临走还想到带了一个热水瓶和一小包饼干，撑着伞一同出门，乘三轮赶往约会的公共汽车站。弟弟也到得早，那时还不到七点钟。我们三个是赶早去买车票的。

站上陆陆续续来了不少人，都是要到苏州的；都不知有车没车，也不知何处买票。所谓汽车站，只是一大间汽车房前面的一片水泥地。满地泥泞，满地新痰旧痰。我提着一水瓶热水，只好提在手里，没个地方可放。手提包当然也只好拎着。

买票的越来越多，地下的痰涕又添了不少。卖票处还不知在哪里。一群人有的呆站着，有的团团转，个个焦急万状。将近八点，忽来了两三个人，把汽车房打开：售票了！只见车库门后有一张小桌子，那就是售票处。

大家知道我们三人到得最早，让我们挤向前去，买到了三张到苏州的车票。一大堆人虽然拥挤着买，却都买到了票；卖得相当快。然后车库里轰隆隆开出一辆破旧的大卡车。卡车有十个轮子。前后双轮，中间单轮，上有两片帆布盖顶。车顶上有几条由前到后的铁条，帆布搭在铁条上。卡车上共有四条长椅：卡车两侧各有一条长椅，中间相背着设两条长椅。乘客都一拥而上。我们忙收了伞，挤上车，居然在靠边长椅上找到了座位。看着那一大堆人乱哄哄地一一往车上挤，担心一辆卡车挤得上那么多人吗？长椅坐满了，还有两条空道。长椅没有间隔，可以挤了再挤。两条空道里也可以挤了再挤。终于大堆的人都挤上了。两片帆布的隙缝里漏下雨来。卡车两侧飘进雨来。幸好只是间歇的小雨，不久就停了。大家总算都上了车，稍稍舒了一口气。

车摇晃了几下，好像开不动似的。再摇晃几下，居然动了。车就缓缓开出去。没开多远，车停了。还好不是车开不动，是有人送上两麻袋货物：一大麻袋臭咸鱼，一大麻袋糖，大概都是苏州城里走俏的货。麻袋塞在长椅底下，但是麻袋比椅子阔大，得占点中间的通道。乘客不得已，只好更挤挤。男客可以攀住顶上的铁条。女客身量矮，只好往坐着的乘客身上靠。坐客都斜过膝腿，多让出空间。有的女客扶着我的肩，有的扶着我椅后车侧的木板。车又开了。

颠呀颠呀颠，摇晃摇晃摇，只要车能开动就好。乘客的紧张稍稍放松，开始互相交谈。有人是奔丧，多半是亲人急病，只有一对未婚夫妻是回家结婚。车开出上海，走在荒郊野地里的公路上。我突然觉得失去了城市的保障。天上有日寇的飞机，随时可投下炸弹，不会有警报。路上也会有拦路打劫的土匪。我们满车乘客倒像是急难中的亲人了。

车走得很慢，我不时看看表。八点左右开的车，将近九点，我们还没走多远。人太多，车太重，别抛锚才好，真不知多早晚才能到苏州。我们三人总算占到了座位，卡车颠颠簸簸，站着的都东倒西歪挣扎着站稳。

前面忽然出现一座木桥。车开得更慢了，没到桥，车就停下，叫乘客全部下车，步行过去。桥已遭日军破坏。司机和同伙一二人抬了长长短短的木条盖上破缺处，空车慢慢地开过桥，然后乘客又一拥而上。这回我们没有占到座位，只好站着。

从上海到苏州，公路上不知多少桥呢，全是木头的，全都遭敌军破坏，只是破损的程度不同。反正每次过桥，都得下车，上了车有座没座，都是暂时的事了。大家疲劳地挤下车，又挤上车。有的急急惶惶，有的愁眉苦脸，有的心事重重，有的唉声叹气；说话也只是互相诉苦。只有那一对含羞带笑的未婚夫妻，散发出几分喜气，冲淡了笼罩全车的愁雾。

我和弟弟妹妹心上都在想着一件事：爸爸什么病？大姐姐要弟弟赶紧回去，我们料定是什么病，可是谁也不忍提。十二点左右，我们恰好占有座位，乘客都在吃糕点。我问阿必饿不饿，她说："给你一问，真饿了。"弟弟要喝水。我们用瓶盖分喝了热水，也分吃了饼干，继续那颠颠簸簸、断断续续的旅行。每过一桥，乱糟糟地大家下车；等卡车艰难地开过桥，又乱糟糟地挤上车，留心望着前面是否又有桥。

终于没有桥了。连桥架子都没有。路断了。时间是下午三点多，已到太仓。据当地人说，前面还有两处断桥。不论两处、三处，反正一处断桥，卡车就不能前行。太仓离苏州不远了，可是路已断，卡车还能往前开吗？

未婚夫妻的目的地就是太仓。火车不经过太仓，所以他们乘公共汽车。他们欢欢喜喜地下车了。许多人也下车，有的打算雇黄包车，有的打算找亲戚，也有人说自己走；他们乱纷纷下了车，还在卡车旁边打转。长途汽车已走了七个多小时，没闲工夫犹豫。司机声明立即返回上海。无路可走的只好留在车上。我们三人之外，还有四五个乘客。

我们估计回到上海，准要十点或十一点了。卡车夜间走在公路上，开着灯，敌机看见了准会投炸弹；不开灯，必撞入河浜里。假如黑地里下车过破桥，踩了个空，怎么办？假如不及赶上车，给甩下了，怎么办？车上倒是空了，坐得很宽舒。我坐在靠边长椅的最后面。

下车的乘客让开路，卡车带着未下车的乘客掉转头，一变来时风度，逃亡似的奋不顾身。它大摇大摆、大颠大簸地往回途奔驰，一会儿便开到桥边。但是车并不停，呼、呼、呼一阵子冲了过去。这座桥还算完整。司机抢命似的冲过一桥又冲一桥，压根儿不想停。当初过桥时也是空车，怎么那样艰难、那么谨慎啊？这时乘着一股子冲劲儿，很塌败的破桥也飞跃而过。我眼看成双的后轮四分之三都悬空。卡车如翻入河里浜里，我正好压在车下。车上每个人都提着心，吊着胆，屏着气，没人叫唤一声。卡车没命地奔驰，颠簸颠簸、摇摆摇摆，呼、呼、呼，冲过一桥；颠簸颠簸，摇摆摇摆，呼、呼、呼，又冲过一桥。卡车上有臭咸鱼一大麻袋，糖一大麻袋，也许还有钱，卡车也值钱，车上还有四五个女人呢，随处可碰到拦路抢劫的土匪。一会儿天黑了，不能开灯，天上有打转的敌机。所以司机也只好没命地奔驰腾飞。意想不到，卡车竟平安无事地回到了满地痰涕的洋灰地车场上，还不到六点钟。

我们如在梦中。下了车，我们姐妹和弟弟分头雇车回家。我和阿必并坐在三轮车上，还惊魂未定。

到家了，我不记得是谁开的门。只记得我声带歇斯底里，如哭如笑地说：“走了一天，又回来了！”

客厅里坐满了人，我婆婆、叔父、婶母，还有大大小小的孩子，都满面严肃，好像都在等待我们白走一天又回来。我怔住了。锺书过来牵着我的手，把我带到离他们一家人稍远的灯光昏暗处。阿必也跟了过来。锺书缓缓地轻声说："刚才苏州来了电话，爸爸已经过去了。"

悲恸结束了这紧张的一天，也是最无可奈何的一天。

二〇〇一年十月十日

怀念陈衡哲[1]

我初识陈衡哲先生是一九四九年在储安平先生家。储安平知道任鸿隽[2]、陈衡哲夫妇要到上海定居，准备在家里摆酒请客，为他们夫妇接风。他已离婚，家无女主，预先邀我做陪客，帮他招待女宾。锺书已代我应允。

锺书那时任中央图书馆的英文总纂，每月须到南京去汇报工作。储安平为任、陈夫妇设晚宴的那天，正逢锺书有事须往南京，晚饭前不及赶回上海。储安平家住公共租界，我们家住

---

① 陈衡哲（一八九〇—一九七六），我国新文学运动中最早的女学者、作家、诗人和散文家。文笔清新而时有凌厉峻峭的风格。——编者

② 任鸿隽（一八八六——九六一），字叔永，中国现代科学事业的倡导者和组织者，中国科学社的主要创始人，曾长期担任该社领导职务。晚年曾任上海图书馆馆长。——编者

法租界，不仅距离远，而且交通很不便，又加我不善交际，很怕单独一人出去做客。锺书出门之前，我和他商量说："我不想去了。不去行不行？"他想了一想说："你得去。"他说"得去"，我总听话。我只好硬硬头皮，一人出门做客。我先挤无轨电车，然后改坐三轮到储家。

那晚摆酒两大桌，客人不少。很多人我也见过。只因我不会应酬，见了生人不敢说话，也记不住他们的名字，所以都报不出名了。我只记得一位王云五，因为他席间常高声用上海话说"吾云五"。还有一位是刘大杰。因为他在储安平向陈衡哲介绍我的时候，跌足说："咳！今天钱锺书不能来太可惜了！他们可真是才子佳人哪！"

我当不起"佳人"之称，而且我觉得话也不该这么说。我没有锺书在旁护着，就得自己招架。我忙说："陈先生可是才子佳人兼在一身呢。"

陈衡哲先生的眼镜后面有一双秀美的眼睛，一眼就能看到。她听了我的话，立即和身边一位温文儒雅的瘦高个儿先生交换了一个眼色，我知道这一位准是任先生了。我看见她眼里的笑意传到了他的嘴角，心里有点着慌，自问："我说错了话吗？我把这位才子挤掉了吗？可是才子也可以娶才子啊。"我赧然和任先生也握了手。

那天的女客共三人。我一个，陈衡哲先生之外还有一位黄郛夫人。她们俩显然是极熟的朋友。入席后，她们并坐在我的对面。我面门而坐。另一桌摆在屋子的靠里一边。我频频听到那边桌上有人大声说“吾云五”，主人和任先生都在那边桌上，他们谈论中夹杂着笑声。我们这桌大约因为有女宾的缘故，多少有点拘束。主要是我不会招待，所以我们这边远不如那边一桌热闹，没有人大说大笑，大家只和近旁的人轻声谈话。

我看见陈衡哲先生假装吃菜，眼睛看着面前的碗碟，手里拿着筷子，偷偷用胳膊肘儿撞一撞黄夫人，轻声说话，却好像不在说话。她说一个字，停一停，又说一个字，把二寸短话拉成一丈长，每两个字中间相隔一寸两寸，每个字都像是孤立的。我联上了。她在说：“你看她，像不像一个人？”黄郛夫人隔着大圆桌面把我打量了几眼。她毫无掩饰，连声说：“像！像！像极了！”她们在议论我。我只好佯作不知。但她们的目光和我的偶尔相触时，我就对她们微微笑笑。

散席后，黄郛夫人绕过桌子来，拉着我的手说：“你和我的妹妹真像！”我不知该怎么回答，显得很窘。黄夫人立即说：

“我妹妹可不像我这个样子的。我妹妹是个很漂亮的人物。”黄夫人端正大方，头发向上直掠，一点不打扮，却自有风度。我经她这么一说，越发窘了，因为不美的人也可以叫人觉得和美人有相似处；像不像也不由自己做主。幸好陈衡哲先生紧跟着她一起过来。她拉我在近处坐下，三个人挤坐一处，很亲近也很随便地交谈，多半是她们问，我回答。

解放后我到了清华，张奚若太太一见我就和我交朋友，说我像她的好朋友，模样儿像，说话也像，性情脾气也像。我和她相熟以后，问知她所说的朋友，就是黄郛夫人的妹妹，据说是一位英年早逝的才女。黄郛夫人热情地和我拉手，是因为看见了与亡妹约莫相似的影子。我就好比《红楼梦》里的“五儿承错爱”了。

黄郛夫人要送我回家。她乘一辆簇新的大黑汽车——当时乘汽车的客人不多。陈衡哲先生也要送我回去。经任鸿隽先生问明地址，任先生的车送我回家是顺路。我就由他那辆带绿色的半旧汽车送回家。黄郛夫人曾接我到她家一次。她住的是花园洋房。房子前面的墙上和墙角爬满了盛开的白蔷薇。她赠我一大捧带露的白蔷薇。我由此推断我初会陈衡哲先生是蔷薇盛开的春季。

抗战胜利后，锺书在中央图书馆有了正式职业，又在暨南大学兼任教授，同时也是《英国文化丛书》的编辑委员。他要请任鸿隽先生为《英国文化丛书》翻译一本有关他专业的小册子，特到他家去拜访。我也跟他同去，谢谢他们汽车送我回家。过两天他们夫妇就到我家回访。我家那时住蒲石路蒲园，附近是一家有名的点心铺。那家的鸡肉包子尤其走俏，因为皮暄、汁多、馅细，调味也好。我们就让阿姨买来待客。任先生吃了非常欣赏。不多久陈先生邀我们去吃茶。

他们家住贝当路贝当公寓。两家相去不远，交通尤其方便。我们出门略走几步，就到有轨电车站；有轨电车是不挤的，约三站左右，下车走几步就到他们家了。我们带两条厚毛巾，在点心铺买了刚出笼的鸡肉包子，用双重毛巾一裹，到他们家，包子热气未散，还热腾腾的呢。任先生对鸡肉包子还是欣赏不已。

那时候，我们的女儿已经病愈上学，家有阿姨，我在震旦女子文理学院教两三门课，日子过得很轻松。可是我过去几年，实在太劳累了。身兼数职，教课之外，还做补习教师，又业余创作，还充当灶下婢；积劳成病，每天午后三四点总有几分低烧，体重每个月掉一磅，只觉得疲乏，医院却验查不出病因。我原是个闲不住的人，最闲的时候，我总是一面看书，一面织毛衣。我的双手已练成自动化的机器。可是天天低烧，就病恹恹地，连看书打毛衣都没精神。我爸爸已经去世，我不能再像从前那样，经常在爸爸身边和姊妹们相聚说笑。锺书工作忙，偷空读书。他正在读《宋诗纪事》，还常到附近的合众图书馆去查书，我不愿打搅他。

恰巧，任鸿隽也比陈衡哲忙。陈衡哲正在读汤因比(Toynbee)① 的四卷本西洋史，已读到第三册的后半本，但目力衰退，每到四时许，就得休息眼睛。她常邀我们去吃茶。(她称“吃 tea”，其实吃的总是咖啡。）她做的咖啡又香又浓，我很欣赏。我们总顺路买一份刚出笼的鸡肉包子，裹在毛巾里带去。任先生总是特别欣赏。锺书和任先生很相投，我和陈先生很相投。“吃 tea”几次以后，锺书就怂恿我一个人去，我也乐于一个人去。因为我看出任先生是放下了工作来招待的，锺书也是放下了工作陪我去的。我和陈衡哲呢，“吃 tea”见面之外，还通信，还通电话。我一个人去，如果任先生在

---

① 汤因比（一八八九——九七五），英国历史学家，曾任伦敦大学教授，并出版过十二卷巨著《历史研究》。——编者

家，我总为他带鸡肉包子，但是我从不打扰他的工作。他们的客厅比较大，东半边是任先生工作的地方；西边连卧房。我和陈衡哲常在客厅西半边靠卧房处说话。

我为任先生带鸡肉包子成了习惯。锺书常笑说："一骑红尘妃子笑"，因为任先生吃鸡肉包子吃出了无穷的滋味，非常喜爱。我和陈衡哲对鸡肉包子都没多大兴趣。

陈衡哲我当面称陈先生，写信称莎菲先生，背后就称陈衡哲。她要我称她"二姐"，因为她的小弟弟陈益（谦受）娶了我的老朋友蒋恩钿。但是陈益总要我称他"长辈"，因为他家大姐的大儿媳妇我称五姑。（胡适《四十自述》里提到的杨志洵老师，我称景苏叔公。五姑是叔公的女儿。）我当时虽然不知道陈衡哲的年龄，觉得她总该是前辈。近年我看到有关于她的传记，才知道她长我二十一岁呢。可是我从未觉得我们中间有这么大的年龄差距。我并不觉得她有多么老，她也没一点架子。我们非常说得来，简直无话不谈。也许她和我在一起，就变年轻了，我接触的是个年轻的陈衡哲。

她谈到她那一辈有名的女留学生，只说："我们不过是机会好罢了。当时受高等教育的女学生实在太少了。"我不是"承错爱"的"五儿"，也不靠"长辈""小辈"的亲戚关系；

我们像忽然相逢的朋友。

她曾赠我一册《小雨点》。我更欣赏她的几首旧诗，我早先读到时，觉得她聪明可爱。我也欣赏她从前给胡适信上的话：“你不先生我，我不先生你；你若先生我，我必先生你。”我觉得她很有风趣。我不知高低，把自己的两个剧本也赠她请教。她看过后对我说：“不是照着镜子写的。”那两册剧本，一直在她梳妆台上放着。

我是他们家的常客，他们并不把我当作客人。有一次我到他们家，他们两口子正在争闹；陈先生把她瘦小的身躯撑成一个“大”字，两脚分得老远，两手左右撑开，挡在卧房门口，不让任先生进去。任先生做了几个“虎势”，想从一边闯进去，都没成功。陈先生得胜，笑得很淘气；任先生是输家，也只管笑。我在一边跟着笑。他们并不多嫌我，我也未觉尴尬。

有一个爱吹诩“我的朋友某某”的人对我和锺书说：“昨晚在陈衡哲家吃了晚饭，谈到夜深，就在他们客厅的沙发上睡了一晚。”过一天我见到陈衡哲就问她了。她说：“你看看我这沙发有多长，他睡得下吗?”当然，她那晚也没请人吃晚饭。她把这话说给任先生听，他们两个都笑，我也大长识见。

那时陈衡哲家用一个男仆，她称为“我们的工人”。这位

"工人"大约对女主人不大管用，需要他的时候常不在家。她请人吃茶或吃饭，常邀我"早一点来，帮帮我"。有一次她认真地嘱我早一点去。可是她待我帮忙的，不过是把三个热水瓶从地下搬到桌上。热水瓶不是盛五磅水的大号，只是三磅水的中号。我后来自己老了，才懂得老人腕弱，中号的热水瓶也须用双手捧。陈衡哲身体弱，连双手也捧不动。

渐渐地别人也知道我和陈衡哲的交情。那时上海有个妇女会，会员全是大学毕业生。妇女会要请陈衡哲讲西洋史。会长特地找我去邀请。陈先生给我面子，到妇女会去作了一次讲演，会场门口还陈列着汤因比的书。

胡适那年到上海来，人没到，任家客厅里已挂上了胡适的近照。照片放得很大，还配着镜框，胡适二字的旁边还竖着一道杠杠（名字的符号）。陈衡哲带三分恼火对我说："有人索性打电话来问我，适之到了没有。"问的人确也有点唐突。她的心情，我能领会。我不说她"其实乃深喜之"，要是这么说，就太简单了。

胡适的《哲学史大纲》我在高中和大学都用作课本，我当然知道他的大名。他又是我爸爸和我家亲友的熟人。他们曾谈到一位倒霉的女士经常受丈夫虐待。那丈夫也称得苏州一位名人，爱拈花惹草。胡适听到这位女士的遭遇，深抱不平，气愤说："离婚！趁丰采，再找个好的。"我爸爸认为这话太孩子气了。那位女士我见过多次，她压根儿没什么"丰采"可言，而且她已经是个发福的中年妇人了。"趁丰采"是我爸爸经常引用的笑谈。我很想看看说这句话的胡适。

一次，我家门房奉命雇四头驴子。因为胡适到了苏州，要来看望我爸爸，而我家两位姑母和一位曾经"北伐"的女校长约定胡适一同骑驴游苏州城墙。骑驴游苏州城墙确很好玩。我曾多次步行绕走城墙一圈。城墙内外都有城河。内城河窄，外城河宽，走在古老的城墙上，观赏城里城外迥不相同的景色，很有意思。步行一圈费脚力，骑个小驴在城墙上跑一圈一定有趣。

可是苏州是个很保守的城市。由我家走上胥门城墙，还需经过一段街道。苏州街上，男人也不骑驴。如有女人骑驴，路上行人必定大惊小怪。我的姑母和那位"北伐"的女士都很解放，但是陪三位解放女士同在苏州街上骑驴的惟一男士，想必更加惹眼。我觉得这胡适一定兴致极好，性情也很随和，而且很有气概，满不在乎路人非笑。

我家门房预先雇好了四头驴，早上由四个驴夫牵入我家的柏树大院等候。两位姑母和两位客人约定在那儿上驴出发。我爸爸会见了客人，在院子里相送。

我真想出去看看。但是爸爸的客人我们从不出见。我不敢出去。姑母和客人都已出门，爸爸已经回到内室，我才从“深闺之中”出来张望。我家的大门和两重屏门都还敞着呢。我实在很想看看胡适骑驴。但是集结出发的游人，不用结队回来。路人惊诧的话，或是门房说的，或是二位姑妈回来后自己讲的。

胡适照相的大镜框子挂在任家客厅贴近阳台的墙上。不久后，锺书对我说：“我见过胡适了。”锺书常到合众图书馆查书。胡适有好几箱书信寄存在合众图书馆楼上，他也常到这图书馆去。锺书遇见胡适，大概是图书馆馆长顾廷龙（起潜）为他们介绍的。锺书告诉我，胡适对他说：“听说你做旧诗，我也做。”说着就在一小方白纸上用铅笔写下了他的一首近作，并且说：“我可以给你用墨笔写。”我只记得这首诗的后两句：“几支无用笔，半打有心人。”我有一本红木板面的宣纸册子，上面有几位诗人的墨宝。我并不想请胡适为我用墨笔写上这样的诗。所以我想，这胡适很坦率，他就没想想，也许有人并不想求他的墨宝呢。可是他那一小方纸，我也直保留到“文化大革命”，才和罗家伦赠锺书的八页大大的胖字一起毁掉。

陈衡哲对我说：“适之也看了你的剧本了。他也说，‘不是对着镜子写的’。他说想见见你。”

“对着镜子写”，我不知什么意思，也不知是否有所指，我没问过。胡适想见见我，我很开心，因为我实在很想见见他。

陈衡哲说：“这样吧，咱们吃个家常 tea，你们俩，我们俩，加适之。”她和我就这么安排停当了。

我和锺书照例带了刚出笼的鸡肉包子到任家去。包子不能多买，因为总有好多人站着等待包子出笼。如要买得多，得等下一笼。我们到任家，胡适已先在。他和锺书已见过面。陈衡哲介绍了我，随即告诉我说：“今天有人要来闯席，林同济和他的 ex-wife（前妻）知道适之来，要来看看他。他们晚一会儿来，坐一坐就走的。”

不知是谁建议先趁热吃鸡肉包子。陈衡哲和我都是胃口欠佳的人，食量也特小。我带的包子不多，我和她都不想吃。我记得他们三个站在客厅东南隅一张半圆形的大理石面红木桌子旁边，有人靠着墙，有人靠着窗（窗外是阳台），就那么站着同吃鸡肉包子，且吃且谈且笑。陈衡哲在客厅的这一边从容地为他们调咖啡，我在旁边帮一手。他们吃完包子就过来喝咖啡。胡适是这时候对我说他认识我叔叔、姑姑以及“你老人家是我的先生”等话的。

林同济不仅带了他已经离婚的洋夫人，还带了离婚夫人的女朋友（一个二十多岁的美国姑娘）同来。大家就改用英语谈话。胡适说他正在收集怕老婆的故事。他说只有日本和德国没有这类故事。他说：“有怕老婆的故事，就说明女人实际上的权力不输于男人。”我记不准这话是当着林同济等客人谈的，还是他们走了以后谈的。现在没有锺书帮我回忆，就存疑吧。闯席的客人喝过咖啡，礼貌性地用过点心，坐一会儿就告辞了。

走了三个外客，剩下的主人客人很自在地把座椅挪近沙发，围坐一处，很亲近地谈天说地。谈近事，谈铁托，谈苏联，谈知识分子的前途等等。

谈近事，胡适跌足叹恨烧掉了他的书信。尤其内中一信是自称“你的学生×××”写的。胡适说：“这一封信烧掉，太可惜了。”

当时五个人代表三个家。我们家是打定主意留在国内不走的。任、陈两位倾向于不走，胡适却是不便留下的。我们和任、陈两位很亲密，他们和胡适又是很亲密的老友，所以这个定局，大家都心照不宣。那时反映苏联铁幕后情况的英文小说，我们大致都读过。知识分子将面临什么命运是我们最关心的事，因为我们都是面临新局面的知识分子。我们相聚谈论，谈得很认真，也很亲密，像说悄悄话。

那天胡适得出席一个晚宴，主人家的汽车来接他了。胡适忙起身告辞。我们也都站起来送他。任先生和锺书送他到门口。陈衡哲站起身又坐回沙发里。我就陪她坐着。我记得胡适一手拿着帽子，走近门口又折回来，走到摆着几盘点心的桌子旁边，带几分顽皮，用手指把一盘芝麻烧饼戳了一下，用地道的上海话说："'蟹壳黄'也拿出来了。"说完，笑嘻嘻地一溜烟跑往门口，由任先生和锺书送出门（门外就是楼梯）。

陈先生略有点儿不高兴，对我说："适之 spoilt（宠坏）了，'蟹壳黄'也勿能吃了。"

我只笑笑，没敢说什么。"蟹壳黄"又香又脆，做早点我很爱吃。可是作为茶点确是不合适。谁吃这么大的一个芝麻烧饼呢！所以那盘烧饼保持原状，谁都没碰。不过我觉得胡适是临走故意回来惹她一下。

锺书陪任先生送客回来，我也卷上两条毛巾和锺书一起回家。我回家和锺书说："胡适真是个交际家，一下子对我背出一大串叔叔姑母。他在乎人家称‘你的学生’，他就自称是我爸爸的学生。我可从没听见爸爸说过胡适是他的学生。”锺书为胡适辩解说：胡适曾向顾廷龙打听杨绛其人；顾告诉他说：“名父之女，老圃先生的女儿，钱锺书的夫人。”我认为事先打听，也是交际家的交际之道。不过锺书为我考证了一番，说胡适并未乱认老师，只是我爸爸决不会说“我的学生胡适之”。

我因为久闻胡适大名，偶尔又常听到家里人谈起他，他还曾到过我家，我确是很想见见他。所以这次茶叙见面，给我留下了很深的印象。至于胡适，他见过的人很多，未必记得我们两个。他在亲密的老友家那番“不足为外人道”的谈论中，他说的话最多。我们虽然参与，却是说得少，听得多，不会叫他忘不了。以后锺书还参加了一个送别胡适的宴会，同席有郑振铎；客人不少呢，同席的人是不易一一记住的。据唐德刚记胡适评钱锺书的《宋诗选注》时，胡适说，“我没见过他”，这很可能是“贵人善忘”。但是他同时又说，“大陆上正在‘清算’他”，凭这句话，我倒怀疑胡适并未忘记。他自己隔岸挨骂，可以不理会。但身处大陆而遭“清算”，照他和我们“吃 tea”那晚的理解，是很严重的事。他说“我没见过他”，我怀疑是故意的。其实，我们虽然挨批挨斗，却从未挨过“清算”。

有一次，任先生晚间有个应酬而陈先生懒得去，她邀我陪她在家里吃个“便饭”，只我们两个人。我去了。大概只有我可以去吃她的“便饭”，而真的“便”，因为我们的饭量一样小。我也只用小小的饭碗盛半碗饭。菜量也一样小。我们吃得少，也吃得慢。话倒是谈了很多。谈些什么现在记不起了。有一件事，她欲说又止，又忍不住要说。她问我能不能守秘密。我说能。她想了想，笑着说：“连钱锺书也不告诉，行吗?”我斟酌了一番，说“可以”。她就告诉了我一件事。我回家，锺书正在等我。我说：“陈衡哲今晚告诉我一件事，叫我连你也不告诉，我答应她了。”锺书很好，一句也没问。

既是秘密，我就埋藏在心里。事隔多年，很自然地由埋没而淡忘了。我记住的，只是她和我对坐吃饭密谈，且谈且笑的情景。

一九四九年的八月间，锺书和我得到清华大学给我们两人的聘约。锺书说，也许我换换空气，身体会好。我们是八月底离开上海的。我还记得末一次在陈衡哲家参加的那个晚宴，客人有一大圆桌。她要量血压，约了一位医生带着量血压器去。可是医生是忙人，不及等到客人散尽；而陈衡哲不好意思当着客人量血压，所以她预先和我商定，只算是我要量血压，她特地约了医生。到我量血压的时候，她就凑上来也量量。我们就是这样安排的。那晚锺书和我一同赴宴。

陈先生血压正常，我的血压却意外地高。陈先生一再叮嘱，叫我吃素，但不必吃净素。她笑着对我和锺书讲有关吃素的趣事。提倡素食的李石曾定要他的新夫人吃素。新夫人嘴里淡出鸟来，只好偷偷儿到别人家去开荤。李石曾住蒲园，和我们家是紧邻。解放军过河之前，他们家就搬走了，进驻了解放军。

我们到了清华，我和莎菲先生还经常通信，只是不敢畅所欲言了。“三反运动”（当时称“洗澡”）之后，我更加拘束，拿着笔不知怎么写，语言似乎僵死了。我不会虚伪，也不愿敷衍，我和她能说什么呢？我和她继续通信是很勉强的。

随后是“三校合并”，我们由清华大学迁入新北大的中关园小平房。锺书那时借调到城里，参加翻译毛选工作。有一天任鸿隽先生和竺可桢先生同来看锺书。锺书在城里。我以前虽然经常到任先生家去，我只为他带鸡肉包子，只和陈衡哲说话，我不会和名人学者谈话。那天，我活是一个家庭妇女，奉茶陪坐之外，应对几句就没话可说。锺书是等不回来的，他们坐一会儿就走了，我心上直抱歉。从此我没有再见到任先生。他是一九六一年去世的。我留下的是任先生赏我的墨宝，我征得他子女的同意，复印了作为本文附录，希望任先生的诗集能早日问世。

一九六二年八月，我家迁入干面胡同新建的宿舍大楼。夏鼐先生和我们同住一个单元。大约一两年之后，他一次出差上海归来，对我说，陈衡哲先生托他捎来口信，说她还欠我一封信，但是她眼睛将近失明，不能亲自写信了，只好让她女儿代笔了。我知道他们的孝顺女儿任以书女士是特地从美国回来侍奉双亲的。我后来和她通过一次或两次信。到“文化大革命”，我和陈先生就完全失去联系。在我们“流亡”期间，一九七六年一月，我们从报上得知她去世的噩耗。

我和陈衡哲经常聚会的日子并不长，只几个月，不足半年。为什么我们之间，那么勉强的通信还维持了这么多年呢。只因为我很喜欢她，她也喜欢我，我们之间确曾有过一段不易忘记的交情。我至今还想念她。

二〇〇二年三月二十日定稿

杜鵑聲裏杜鵑花誰可看花不憶
家記得江南春雨後馬頭遙認赤城
霞 看花筑貴後渝中一例春風卷
錦叢好是半山松翠裏臨崖故生
幾枝紅 縉雲山觀杜鵑 山在重慶
北碚抗戰期間兩次往遊

一水衡田一鷺鷥窺魚笑汝計何癡
莫為飛向青山去煙雨空濛也自奇
舷上人家秋意酣蘆花飛雪水拖藍
莫為畫作江南道只欠丹楓點兩三
成渝道中書所見

季康夫人 吟正

鴻雋

我在启明上学

我十岁，自以为是大人了。其实，我实足年龄是八岁半。那是一九二〇年的二月间。我大姐姐打算等到春季开学，带我三姐到上海启明去上学。大姐姐也愿意带我。那时候我家在无锡，爸爸重病刚脱险，还在病中。

我爸爸向来认为启明教学好，管束严，能为学生打好中文、外文基础，所以我的二姑妈、堂姐、大姐、二姐都是爸爸送往启明上学的。一九二〇年二月间，还在寒假期内，我大姐早已毕业，在教书了。我大姐大我十二岁，三姐大我五岁。（大我八岁的二姐是三年前在启明上学时期得病去世的。）妈妈心上放不下我，我却又不肯再回大王庙小学，所以妈妈让我自己做主。

妈妈特地为我找出一只小箱子。晚饭后，妈妈说："阿季，你的箱子有了。来拿。"无锡人家那个年代还没有电灯，都点洋油灯。妈妈叫我去领箱子的房间里，连洋油灯也没有，只有旁边屋间透过来的一星光亮。

妈妈再次问我："你打定主意了？"

我说："打定了。"

"你是愿意去？"

"嗯。我愿意去。"我嘴里说，眼泪簌簌地直流，流得满面是泪。幸好在那间昏暗的屋里，我没让妈妈看见。我以前从不悄悄流泪，只会哇哇地哭。这回到上海去上学，就得离开妈妈了。而且这一去，要到暑假才能回家。

我自己整理了小箱子。临走，妈妈给我一枚崭新的银元。我从未有过属于我个人的钱，平时只问妈妈要几个铜板买东西。这枚银元是临走妈妈给的，带着妈妈的心意呢。我把银元藏在贴身衬衣的左边口袋里。大姐给我一块细麻纱手绢儿，上面有一圈红花，很美。我舍不得用，叠成一小方，和银元藏在一起做伴儿。这个左口袋是我的宝库，右口袋随便使用。每次换衬衣，我总留心把这两件宝贝带在贴身。直到天气转暖穿单衣的时候，才把那枚银元交大姐收藏，已被我捂得又暖又亮了。花手绢曾应急擦过眼泪，成了家常用品。

启明女校原先称“女塾”，是有名的洋学堂。我一到启明，觉得这学校好神气呀，心里不断地向大王庙小学里的女伴们卖弄：“我们的一间‘英文课堂’（习外语学生的自修室）比整个大王庙小学还大！我们教室前的长走廊好长啊，从东头到西头要经过十几间教室呢！长廊是花磁砖铺成的。长廊下面是个大花园。教室后面有好大一片空地，有大树，有草地，环抱着这片空地，还有一条很宽的长走廊，直通到‘雨中操场’（也称‘大操场’，因为很大）。空地上还有秋千架，还有跷跷板……我们白天在楼下上课，晚上在楼上睡觉，二层楼上还有三层……”可是不久我便融入我的新世界，把大王庙抛在九霄云外了。

我的新世界什么都新奇，用的语言更是奇怪。刚开学，老学生回校了，只听得一片声的“望望姆姆”。这就等于说：“姆姆，您好！”（修女称“姆姆”）管教我们的都是修女。学校每月放假一天，住在本地的学生可由家人接回家去。这个假日称为“月头礼拜”。其余的每个星期日，我们穿上校服，戴上校徽，排成一队一队，各由姆姆带领，到郊野或私家花园游玩。这叫做“跑路”。学绘画得另交学费，学的是油画、炭画、水彩画，由受过专门教育的姆姆教。而绘画叫做“描花”。弹钢琴也土里土气地叫做“掐琴”。每次吃完早饭、午饭、点心、晚饭之后，学生不准留在课堂里，都得在教室楼前或楼后各处游玩散步，这叫“散心”。吃饭不准说话；如逢节日，吃饭时准许说话，叫做“散心吃饭”。孩子不乖叫做“没志气”，淘气的小孩称“小鬼”或“小魔鬼”。自修时要上厕所，先得“问准许”。自修室的教台上有姆姆监守。“问准许”就是向监守的姆姆说一声“小间去”或“去一去”，姆姆点头，我们才许出去。但监守的姆姆往往是外国姆姆，她自己在看书呢，往往眼睛也不抬就点头了。我有时“问准许”小声说：“我出去玩玩”，姆姆也点头。那“小间去”或“去一去”，往往是溜出去玩的借口。只要避免几个人同时“问准许”，互相错开些，几个小魔鬼就可以在后面大院里偷玩。

在我们小鬼心目中，全校学生分三种。梳“头发团”（发髻）穿裙子的，是大班生（最高班是第一班，也称头班）。另外有五六位女教师（包括我大姐）也是这等打扮。梳一条辫子穿裙子的（例如我三姐），是中班生。梳一条或两条辫子不穿裙子的是小班生。实际上，这是年龄的标识，并不是班次的标准。梳“头发团”的也可能上低班，不穿裙子的也可能上中班。

我头上共有四条辫子。因为照启明的规矩，学生整个脸得光光的，不准披散头发，头发得编在辫子里或梳在“头发团”里。我原有覆额的刘海；要把刘海结成辫子很不容易。两个姐姐每天早晨为我梳小辫，一左一右，把我的刘海各分一半，紧紧揪住，编成小辫，归入后面还不够长的大辫。我看她们费劲，只好乖乖地忍着痛做苦脸，让她们使劲儿揪，希望头发会越揪越长。梳四条辫子的小鬼，好像只我一个。

我们从早到晚有姆姆看管。一天分两半：晚上在楼上宿舍里，白天在楼下；下了楼就要到晚上才上楼，白天谁也不准上楼。每天都有刻板的规矩。不过我们生活得很活泼，自有方法摆脱姆姆的看管。这也丰富了我们的生活。可是一切都得努力，一天到晚的事都需克服困难。

每天六点打铃起床，铺床、梳洗。记不清是七点还是七点半打铃，排队下楼，到饭堂吃早饭。然后“散心”，然后上课。课程天天一样；除了星期日要“跑路”，星期三要洗澡，这两天的课程和平日不同，但每周都一样。午饭总是十二点，然后“散心”，又上课。四点半吃点心，又“散心”，上课。记不清是六点还是六点半晚饭，又“散心”，然后上夜课。小鬼上夜课的时间很短。我们上楼之前，在自修室后面挨次上“小间”，然后由姆姆看着排队上楼。楼上的卧房记不清是四五间还是五六间。早晚都有姆姆巡视。但我们小鬼可以像流寇般从这间溜到那间去。只是晚课以后，小鬼也忙着要睡了。

我们的卧房很大，叫“统房间”，都一模一样。每间卧室分左右两半，床位的排列相同。床连床，一行四张床。房间的左右两半各有四行床。行间有相当宽的距离。每一间卧房里有一张单独的床，在靠墙处，由看管卧房的老师睡。我大姐就睡在这种单独的床上。我的床，面对着大姐的床，头连着我三姐的床。

我那时候穿皮袄、棉裤、罩衫、罩裤，穿衣服就够麻烦的，因为那时候裤腰没有松紧带，得打个大褶子再束上一条裤带。束太紧了，吃饱饭不舒服；太松了，会掉下来。稍为掉下一点，裤脚就太低了。大姐嫌我束的裤子总是歪的，每天要为我重束裤子。裤腿也不能一高一低，她还要把我的两个衣袖拉得一样长。

最困难的是铺床。我们的帐子白天都得撩上床顶。我们床前各有一张凳子。我先把凳子挪在床前正中，站上去，把帐子前面的两幅帐门搭上床顶，然后下地把左右两边帐子摺好，再爬上凳子，连同后面那幅平平整整地搭上床顶。我得把凳子搬到床头，又搬到床尾，上下好多次。我的帐子搭得特整齐，大家都夸我。我很得意。

撩完帐子就铺床。我每晚临睡铺一个小小的“被封筒”，因为人小，“封筒”特短，长了漏风。大班生和教师们都爱掀开我的帐子看看我的小“被封筒”，看了都笑。早起铺床，先得把被子一条条抖抖，铺得平平的，再盖上白线毯，线毯两边有穗儿。床两旁得垂下同样宽的边。我的床在一行四只的中间，从床前到床后得绕过另一只床（我三姐的床）。我爱整齐，也爱人家夸赞，所以每天早上要绕着床打好多个转转才铺得自己满意。

我们各有一个小衣柜和一套洗漱用具，各有一个冷水龙头。这套设备都沿墙连着。我和姐姐的衣柜差不多是连着的。我天天要和三姐比洗脸毛巾谁的白，因为三姐说我的毛巾黑了。我有一块洗澡用的粗肥皂，一块洗脸用的药水肥皂。我爸爸迷信一种老牌洋药皂最能杀菌。妈妈特为我和姐姐各买一块，可是妈妈大概没想到我天天用来洗脸。我大姐姐说我把脸上高的地方都洗亮了，低的地方还没洗到。我留心把脸上高高低低各处都洗到。然后洗耳朵，前面、后面和边边都洗到。然后洗脖子。我还学三姐，把手指连手指甲在打了肥皂的毛巾上来回来回擦，把指甲也洗干净。都洗完，脸上抹点儿蜜，就拆散头发，等两个姐姐为我梳四条辫子。我不知道别人用什么香皂或什么化妆品，反正我们姊妹连一面镜子都没有。我梳四条小辫的时期，不大有时间流窜到别的房间去玩。但排队下楼，我曾做过一次冒失的事。

我们的楼梯很宽，旁边的栏杆很漂亮。栏杆上面的扶手是圆鼓鼓、光溜溜的木板。我常想骑上这道木板滑下去。有一次，我趁姆姆在楼上看不见我，就骑上栏杆，滑下末一折楼梯。如果身子一歪，会跌到平地上去。地面是硬磁砖，不像秋千架下是松松的沙土，跌不痛。我没敢再滑第二次，也没敢告诉姐姐。好在没人揭发，我不知道别人是否也干过这等事。

下楼后，每个学生都有个安身之处，就在我们的自修室里。全校有两间自修室。小的一间叫“中文课堂”，在长廊东头，只有大教室那么大。不学外文只学中文的学生在“中文课堂”自修。大的一间很大很大，也很亮，在长廊正中，叫“英文课堂”。学外文的，不管英文、法文，都在英文课堂自修。每个人的台板和座位都是固定的，几年也不变。我们的书和纸、墨、笔、砚以及手工课上的针线活儿，都收藏在台板里。

这个座位连台板，相当于宿舍里的床和小衣柜。我们好比楼上有一个窝，楼下也有一个窝。英文课堂里共有一百多个座位。课堂也分左右两半，中间有个过道，上首有讲台讲座，由监守的姆姆坐。除了上课、吃饭、吃点心、散心，我们整天在自修室里盘桓。楼上宿舍的床位，楼下自修室的座位，饭堂里吃饭桌上的座位，都是固定不变的，所以我们放假后回校，就好像回到自己家里一样。

下楼第一件事是上饭堂还是上小间，我记不清了。反正都有姆姆看着。我们出入饭堂，从不一拥而入或零乱散出，总有秩序地排着队。队伍不按高矮，只是有次序。

吃早饭又是难事。饭堂也分左右两半。左一半，右一半，都是横着放的长饭桌。饭堂里共有二十来桌。每条长饭桌又分为左右两小桌，中间放两小桌共用的饭桶或粥桶和茶壶、茶杯等。一小桌坐四个人。我挨着大姐姐坐，对面是三姐和她的朋友。早饭是又稠又烫的白米粥，每桌四碟小菜。全饭堂寂静无声地吃粥。别人吃粥快，只有我吃得慢。粥又烫，大姐姐又一定要我吃两碗。姆姆在饭堂四周和中间巡行。谁都不许说话。我听到别人在嗑瓜子，就知道她们都吃完了。姆姆要等每个人都吃完才摇铃，让我们排队出去“散心”。我打算吃一碗算了，可是大姐姐不让我少吃。有一次她特地托人买了炼乳，为我搅在粥里减烫。我吃得几乎恶心呕吐。不过我还是乖乖地吃下两碗。其实，我很不必着急。因为学生只许在饭堂里吃东西。小鬼身上偷带着好吃的东西，姆姆不知道——也许假装不知道。许多学生有名式各样的好吃东西。住本地的学生都从家里带些菜肴到学校吃。凡是吃的东西，都收藏在饭堂两壁的食橱里，只许在饭堂吃。她们正好趁我吃得慢，可以多吃些闲食。我每次早饭总是末了一个吃完。

"散心"更不是容易事。我虽然很小就上学，我只是走读。走读可以回家，寄宿就无家可归。上课的时候坐在课堂里，不觉得孤单，可是一到"散心"，两个姐姐都看不见了，我一个人在大群陌生孩子中间，无依无靠，觉得怯怯的。我流落在学校里了。

大姐姐老早就教了我一个乖。她说："人家一定会来问你父亲是做什么的，你怎么回答？"

我说："做官的。"

大姐姐说："千万不能说。"

"为什么？"

大姐姐说："人家就会唱：'芝麻官，绿豆官，豆腐干，萝卜干，咸鱼干，鼻涕干，袜筒管，裤脚管。’（用上海话说来是顺口溜。）”

启明里尽是大官富商家的小姐。谁、谁、谁是某、某、某大官的女儿，谁、谁、谁是某、某、某富商的女儿，大家都知道。官儿都大着呢。我爸爸绝不是什么大官，这点我明白。姐姐教我回答说，父亲是“做事情的”。我就记住。果然有人问我了。我就说：“做事情的。”没人盯住问做什么事。我闯过了做新学生的第一关。

我到“散心”的时候，就觉得第一要紧的是找个伴儿。我先看中一个和我一般小的女孩子，可是她比我低好多班，我们说不到一块儿。接下，有个比我年龄稍大的广东孩子常找我玩。她比我高大，也比我胖。她教我广东话。她衣袋里总藏着些好吃的东西，如鸭肫干、陈皮梅、牛奶糖等等。我们都在“英文课堂”里“自修”。不过她的座位在右半边，我在左半边。散课后她招我过去坐在她座旁，叫我闭上眼睛张开嘴，她放些东西在我嘴里，然后让我睁眼，叫我猜嘴里是什么东西。我嚼着辨味，我说是虾米。她拿出几个大甲虫，像大拇指面那么大，说我吃的是甲虫。我有点害怕，可是我不信。她就把甲虫的翅膀、脚都捋掉，摘去脑袋，果然露出虾米般的肉，还带些油，像咸鸭蛋黄里的油。我们两人分吃了这只甲虫，味道比虾米鲜嫩。她告诉我这叫龙虱。五十多年后，我在北京旧东安市场北门的稻香村南货店看到一罐龙虱，居然识货，就是那次领教的。她衣袋里的东西真多，老在吃这、吃那，我却什么都没有。看她吃，我有点馋。她有时也给我吃。她不给我吃，我看着馋；给我吃，我吃了心上又很不舒服，觉得自己成了讨饭叫化子了。我宁愿找别人玩，不肯跟她玩了。

有一个比我大很多岁的孩子，她班次比我低。她说我大姐姐是她的恩人。她做新学生的时候，大家都欺侮她，全靠我大姐保护了她，不让别的学生欺侮。所以她私下为自己取了一个名字，叫杨秀康。她有一帮比我年龄稍大的孩子做朋友。她很热心地找我和她们一起玩。我跟着她听到些非常奇怪的事。她家住在长江边上，住在一只破船里。船已经不能下水了，搬到岸上去了。她父亲有两个老婆，同住一船，经常拿刀动棒地打架。她妈妈是小老婆。她有两个亲姐姐都卖在堂子里，都嫁了很阔气的姐夫，都做了小老婆。她父亲又要把她卖到堂子里去。她是最小的妹妹。可是两个姐姐死也不让卖，硬是把她送入启明上学。她爱讲姐夫家怎么怎么阔气。我没人同玩，就找她们一帮。但是我对她们都不怎么喜欢，她们讲的事我没兴趣。

我终于找到一个朋友。她比我大一岁半，个儿比我高些。我们同班上英文，都是最低班。我们两个都是出色的学生。我虽然只是初学英文，倒很内行地知道自己不如她。我是中国孩子用正确的口音读英文，她却像外国人随便说话。她还会说俄文。她的保姆是白俄。也许因为她会说俄文，所以读英文也那么自然。我很佩服她。

我觉得她什么都比我灵。比如姆姆问："你如果掉了一根针，怎么拣？"我说指头上蘸些唾沫一粘就粘起来了。她说，把针尖一按，粗的一头会翘起来，就可以拣了。她的办法比我的利索。不过，如果拣很细的绣花针，我的办法更好。但她的中文只上最低班，我却已插入中班。其它如历史、物理（称"格致"）、算术等课我都上中班，她还上最低班。所以她也佩服我。后来她的英文跳了一班，又跳一班。我们两个一同跳班，不过我觉得我是陪着她跳的。音乐课我们也一同由小班跳上中班。然后她开始学弹钢琴。我姐姐说我的手太小又太硬，绷不开，而且我太专心，不会五官并用，所以我不配学钢琴。 她音乐课又跳上一班。我不识乐谱，但是我能记乐调，所以也陪着跳上一班。我很羡慕她能弹琴。我们彼此佩服，很自然地成了朋友。"散心"有朋友，就不孤单了，可以一起玩得很开心。

我们每次餐后，一定得“散心”。时间有长有短。午饭以后最长，吃点心以后最短。大班生、中班生往往喜欢成群结队，有的还和监守的姆姆拉在一起散步。她们排成面对面的两大排，一排向前走，一排向后退，一面嘻嘻哈哈地说笑。也有三五成群的。小鬼最分散。有一伙小鬼喜欢钻在大操场的角落里玩“做小人家”。可是她们“做家家”的水平太低。比如，一个年龄不小而班次很低的大孩子，装作不会走路的小娃娃，让人在后面用带子拦腰拽着走；一个眼皮上结疤的小女孩装大女人，双手捏着一方手绢的两角，扭着脖子，把手绢儿一摔，带着哭声说苏州话：“呣妹啊，奴十八岁哉！要嫁哉！”我和我朋友从不加入她们一伙。我们宁可在乱草地里赶癞蛤蟆，只是不敢捉；或者挖一个水池塘，堆一座小土山，拣些煤渣子砌成假山，筑出弯弯曲曲的路，路旁拣些树枝做树。我们往往会招来一群合作的小伴儿。可是我们从自来水龙头下一捧一捧运送的水，放入池塘，就成了泥浆，也很扫兴。坐跷跷板、荡秋千都嫌太单调。我的朋友教我爬秋千。双腿绕着秋千绳索，两脚蹬，双手拉着绳索，一手一手往上拽。我能爬到秋千顶上（我们的秋千很高），然后双手握着绳子滑下来，有时把手心的皮都磨破。我朋友自己不爬，她比我文静。正规的游戏如拍皮球、跳绳、造房子，我们都和一大帮孩子同玩。反正越难越有趣。我们想出种种花样。比如拍皮球，要把死球（不动的球）拍成活的，我会。先轻轻地拍，拍着拍着皮球就活了。造房子有上海房子，南京房子，我的朋友还教我造俄国房子，各有一套规矩。跳绳的花样更多。跳着绳子拣铜板也好玩。最难的跳绳也是我朋友教的。得蹦得很高，绳子尽量缩短，身体也尽量缩短，绳子在双脚离地的顷刻间，快速绕过全身两周。一蹦连一蹦，每一蹦跳过两重绳子，中间没有间歇。我创下了最高纪录，连蹦十一下。我朋友只会连蹦三四下，她没我野。不过我们也常常很斯文地并肩散步，悄悄地说说话儿，讲讲彼此的家庭。我们有我们的小天地，别的孩子走不进。

小鬼们爱吵架，往往吵得全校小鬼分成两帮，各帮都有头头。两帮的小喽啰会来问我们帮哪一面。我说："都不帮。"我的朋友说："都帮。"我等问话的走了，认真问我朋友："都不帮，可以；都帮，怎么能两面都帮呢?"她只笑笑。我那时候虽说不懂事，也懂得自己太笨了，她乖。反正又不是真的帮吵架。都不帮，就和两面都不好了；都帮，就和两面都好。我承认她比我聪明，不过我很坚定地觉得自己没错，我是对的，比她更对。

每天我没到午饭就觉得饿了。同桌三姐的朋友有家里带来的菜，也放在饭桌上。我觉得她家的菜好吃。晚上大姐姐对我说："你怎么老吃人家的菜？她都看了你好几眼了，你也不觉得？"我羞得以后筷子想伸到那只碗里去忙又拐弯儿。吃午饭的时间很长。我吃完了，人家还在吃呢。有几条长桌靠近后面的厨房，桌上常有热气腾腾的大蹄髈，整只的鸡鸭。我远远望去，看得很馋。我听得大姐和老师们议论这伙吃大蹄髈、整鸡、整鸭的学生，说她们都是"吃笨的"。人会吃笨吗？也真怪，这伙学生的学习成绩，确实都很糟。

到了"月头礼拜"，学生都由家人接回家去。她们都换上好看的衣服，开开心心地回家。留校的小鬼没几个。我们真是说不出的难受。管饭堂的姆姆知道我们不好过，把饭堂里吃点心剩余的半蒲包"乌龟糖"（一种水果糖）送给我们解闷。可是糖也安慰不了我们心上的苦，只吃得舌头厚了，嘴里也发酸了。直到回家的一批批又回学校，我们才恢复正常。

记不清又过了几个"月头礼拜"，大姐姐有一天忽对我说，要带我和三姐到一个地方去。她把我的衣袖、裤腿拉得特整齐。我跟着两个姐姐第一次走出长廊，走出校门，乘电车到了一个地方，又走了一段路。大姐姐说，“这里是申报馆，我们是去看爸爸！”

我爸爸已经病好了。如果我是在现代的电视里，我准要拥抱爸爸了。可是我只规规矩矩地站在爸爸面前，叫一声“爸爸”，差点儿哭，忙忍住了。

爸爸招呼我们坐。我坐在挨爸爸最近的藤椅里，听姐姐和爸爸说话。说的什么话，我好像一句都没听见。后来爸爸说：“今天带你们去吃大菜。”

我只知道“吃大菜”就是挨剋，不是真的吃菜，真的大菜我从没吃过。爸爸教我怎样用刀叉。我生怕用不好。爸爸看我担忧，安慰我说：“你坐在爸爸对面，看爸爸怎么吃，就怎么吃。”

我们步行到附近青年会去，一路上我握着爸爸的两个指头，走在两个姐姐后面。爸爸穿的是哔叽长衫，我的小手盖在他的袖管里。我们走不多远就到青年会了。爸爸带我们进了西餐室，找了靠窗的桌子，我背窗坐在爸爸对面，两个姐姐打横。我生平第一次用刀叉吃饭，像猴儿似的学着爸爸吃。不过我还是吃错了。我不知道吃汤是一口气吃完的。我吃吃停停。伺候的人想撤我的汤，我又吃汤了。他几次想撤又缩住手。爸爸轻声对我说："吃不下的汤，可以剩下。"回家路上，爸爸和姐姐都笑我吃汤。爸爸问我什么最好吃。我太专心用刀叉，没心思品尝，只觉得味道都有点怪，只有冰激淋好吃。我们回到申报馆，爸爸带我们上四楼屋顶花园去歇了会儿，我就跟着两个姐姐回校了。我最近听说，那个屋顶花园，至今还保留着呢。

我见到了爸爸，心上不知是什么滋味。爸爸很瘦，他一个人住在申报馆里。妈妈呢？弟弟妹妹我都不想，我有时梦见妈妈。可是一天到晚很忙，没工夫想念。

暑假我跟着两个姐姐回到无锡家里，爸爸是否回家我记不得了。不多久我家迁居上海，每个"月头礼拜"我也可以回家了。我们也带些菜肴到学校去吃。我还记得妈妈做的红焖牛肉，还有煮在肉里的老鸡蛋。我不再像以前那样经常馋吃了。

午饭以后的"散心"很长，可以玩个足够。午饭后的课多半是复习，吃点心之后，多半是自修。姆姆也教我们写家信："父母亲大人膝下，敬禀者……"这是一定的格式，小鬼们都学着用毛笔写家信。

大姐姐的台板虽然在我的旁边，她除了上午管我读十遍书，并不常在我身边。她的台板里满满的都是整整齐齐的书。我的台板里却很空。她有一本很厚的新书，借放在我的台板里。我一个人“自修”的时候，就翻来看看。书很有趣，只是书里的名字很怪。我囫囵吞枣地读了大半本，被大姐姐发现了，新书已被我看得肚皮都凸出来了。她着急说：“这是我借来的呀，叫我怎么还人呢?”我挨了一顿责怪。多年后，我的美籍女教师哄我上圣经课，读《旧约全书》，里面的故事，我好像都读过，才知道那本厚书是《旧约全书》的中译本。我还是梳四条辫子时期读的。

我记得家在上海的第一个暑假，妈妈叫我读《水浒》，我读到“林教头刺配沧州道”的一回，就读不下去。妈妈问我怎么不读了。我苦着脸说：“我气死了。”爸爸说：“小孩子是要气的。”叫我改读《三国演义》。我读《三国演义》，读了一肚子“白字”（错别字）。据锺书说，自己阅读的孩子都有一肚子“白字”，有时还改不掉。我们两个常抖搂出肚子里的白字比较着玩，很有趣。

缝纫课好像是星期三的课，我们小鬼学做“小布头”，一小方麻纱，我们学许多针法，包括抽丝挑花。洋缝纫从左到右缝，和写字一样，都和我们中国的方向相反，我缝得很整齐细密。跳上中班，学抽丝挑花。“自修”时可以做针线，可是“散心”的时候，针线也不许做。

小鬼的晚课很短。我们提前上楼；上楼之前，先挨次上“小间”，有姆姆看着。这也是一件难事。天黑了，“小间”里没有电灯，电灯在外边。“小间”的门顶上都有透亮的玻璃窗。学校有规矩：上“小间”不准开着门，也严禁两人同关在一个“小间”里。谁也不敢违犯这个规矩。我们只敢把门掩上，外面一人里面一人说着话陪伴。天黑了，我们小鬼都很胆小，临睡上“小间”是一件很可怕的事。英文课堂后面，不记得是六个还是八个“小间”。中文课堂后面，不记得是六个还是四个“小间”。两个自修室的孩子，分头由不同的楼梯上楼。姆姆陪上楼，巡视各卧房。我们用冷水洗手绢，洗袜子，也洗手，只是不洗脚，因为没有热水。我还会自己剪指甲，左右手都能。手、脚的指甲都得常剪。脚趾甲长了会戳破袜子。袜子破了头，不留心脱落了鞋就出丑了。每星期三洗澡。沿着环抱大院的长廊旁边，有一长溜澡房。星期三有热水，每间澡房里有一只大缸，缸里凿个洞，塞上塞子，就是澡盆。小鬼都分批安排在同一时间洗。我听到左右邻室的孩子说：“唷，我脚跟上的泥好厚，抓也抓不尽！”我学给大姐姐听。姐姐说：“你呢？”我说，用毛巾多打些肥皂，使劲儿擦擦，就干净了。我洗澡不说话。大姐姐说我乖。

每晚，我们小鬼还没上床呢，中班、大班的学生就陆续上楼了。我和两个姐姐说话，多半在临睡或早上。每晚必定要洗袜子，每天必定要带一块手绢。没有手绢不能过日子。因为每次餐后，得用手绢抹抹嘴；洗了手，得用手绢擦手；哭了，得有手绢擦眼泪。有一次我哭了，手绢儿掉了，没有手绢擦泪，只好把我宝库里的宝贝红花手绢掏出来擦泪。我很舍不得，可是哭了，没办法。

我记不清我们每天早晨下楼之后先上“小间”呢，还是先上饭堂。应该是先上“小间”吧？我记得饭堂进门处有一条长桌专供热茶水，“散心”的时候可以去喝。可是我们从不把喝水当一回事。

我们每晚上楼，宿舍里总打扫得干干净净。每天下楼，课堂里总收拾得干干净净。宿舍里，肯定有人墩过地板，擦洗过门窗玻璃和床架。课堂里也准有人一间间打扫擦洗。我们小孩子从未理会过，所以我到今天也不知道这份繁重的工作是谁干的。

管教我们的修女里，有一个不称姆姆而称“阿姊”，她是混血儿，是私生女，没资格做姆姆。她个儿高，我们管她叫“长阿姊”。另外有五六位女教师，还有一位男老师，他就是白胡子邹先生，全校惟一的男人。我们小鬼最怕的是“长阿姊”，不过我们知道全校威望最高的是礼姆姆。

礼姆姆是法国人。她是校长，兼管法文教学。她大概只教大班的课。我大姐姐教小班，相当于礼姆姆的助手。大姐姐毕业时中文第一名，法文也是第一名。参加法语口试的法国公使（那时候没有法国大使，公使就是最高的使官）奖赏她一只长圆形的小金手表，还有能松能紧的表链。大姐姐经常戴着。表走得准，不用修。我很羡慕。

大姐姐该上大学了。可是我爸爸对国立或私立的中法大学都有偏见，法国教会办的震旦大学却又不收女生，所以大姐姐留在启明进修，边教边学。她不但学法文，还继续“描花”，只是不“掐琴”了。女教师里，只有她在英文课堂里占着一个座位。其他的女教师都在教员休息室里待着，大姐姐两处都有她的地盘。我的台板挨着她的，离礼姆姆的办公室最近。三姐姐的台板在前面好几排呢。

我们小鬼认为最非同小可的事，是礼姆姆请吃“大菜”。可是“大菜”我们从未见识过。礼姆姆想必是客客气气地“请吃”，因为她一点儿也不凶。她头发已经灰白，眼睛还很灵活。她成天忙忙碌碌的。我认为最忙的人就是她。不过小鬼摔了跤，哭了，她总会知道，总会赶到现场。她总说："Ah! pauvre petite!"（"啊，小可怜儿!"这句话后来都跑到《围城》里去了）然后她搀着摔跤的孩子到校长办公室，给一块糖吃。

我告诉大姐姐，我摔了不知多少跤，从没吃到过一块糖。大姐姐说："谁叫你不哭?"可是我摔了跤从没想到哭。我很少两个膝盖全都完好的时候。右膝盖伤处结了痂还未脱落，左膝又跌破了。有一次下雨，我们在雨中操场上体操课。每逢下雨，"散心"有走廊，有雨中操场，我们不淋雨。不过我雨天不穿布鞋穿皮鞋。皮鞋底滑，我滑了一跤，把右膝盖上新痂旧痂结成一个龟壳般的大痂摔脱了。我感觉到不是一般的痛，有点奇怪，掀起裤腿（那时候时行大裤腿），露出一个血淋淋的膝盖（我们称"青馒头"）。礼姆姆在观看我们体操，她看见了我的膝盖成了"红馒头"，忙叫一位老师给我裹伤。可是她又不放心，亲自带我到她的办公室，找出纱布，为我裹伤；一面问我痛不痛。我摇头说"不痛"。怎会不痛呢?可是我说不痛，又没哭，礼姆姆就没想到给我吃糖。她当时是叫我再去上体操呢，还是叫我坐在一旁休息呢，我全记不起了，只记得礼姆姆没有给我吃糖。

可是有一次我大哭了，不过并不是因为摔跤。那是下午温习英文的时候，我和我的朋友在课堂上说话，我受罚了。老师是我大姐姐的朋友。她叫我出来“立壁角”——就是罚我在墙角处站着示众。我认为说话明明有两个人，不该单罚我一个。我心里不服，跑出来背着墙角，对着全班，哇哇地大哭。老师大约觉得我这样哇哇地哭丢她的脸，叫我回去坐下。我不理，使劲儿哭。快下课了，老师又叫我：“回去，坐下。”我还是不理。我哭成了一个泪人儿。下课了，老师走了，同班同学散了，我的朋友还静静地坐在原处陪我（我们同坐第一排）。有几个小鬼在课堂门口探头探脑。忽然礼姆姆来了。她搀了我的手，一面掏出她自己的大白手绢为我擦眼泪。我还从没看见她用自己的手绢给哪个孩子擦过眼泪。我记不起她对我说了什么话，她说了很多话呢。她那些话，就好像搂着我、抱着我似的，说得我心上好舒服。我止了哭，由她搀着手乖乖地走出课堂。她搀着我在长廊里走了好长一段路，觉得我已经平静了，才把我交给我的朋友，她自己回办公室。我的朋友一直跟在背后，她紧紧地勾住我的胳膊，我能感到她的同情。我打心眼儿里觉得我的朋友真好。我也打心眼儿里觉得礼姆姆好，我喜欢她。

晚上大姐姐问我为什么大哭。准是礼姆姆告诉她的。我就把罚“立壁角”的事告诉大姐姐，准备挨训。可是大姐姐没训我。如今我老来回忆旧事，我敢肯定：我比我的朋友放肆，罚我是应该的。我以后没敢再放肆。

我们星期日有一堂自修性质的课，一班学生学画地图。没有老师教。大概是“长阿姊”带一只眼睛看管。我完全忘了规矩，走出了自己的座位，指手划脚地教别人怎么画山脉。我说：“山脉不用画。”因为像毛毛虫似的山脉，如果把一根一根刺儿都一笔一笔画，就太麻烦了。我说：“山是要卷的。”就是用铅笔斜卧纸上，用一个指头按住笔头，一路卷过去，就卷出山脉的半边；对面再卷上另半边。我不知哪里学来的诀窍，正在神气活现地教人呢。“长阿姊”忽闯进教室，学着我的声音说：“山是要卷的”，接下就很严厉地训了我一顿。我确实是犯规矩了，可是也不用骂得这么凶呀。我一下子眼泪迸流，觉得心里好苦，抽抽噎噎地哭了。我越哭越苦，越苦越哭。“长阿姊”骂完自己走了。同学下课也都散了，剩我一人在课堂里抽抽噎噎地哭得好苦。忽然礼姆姆来了。她又掏出洁白的手绢为我拭泪。她很有意思地看着我，轻声对我说，体操老师在找我呢。她知道这句话对我有多大功效。我立即收了泪，急忙跟她上大操场去，生怕脸上还带有哭容。

因为体操老师喜欢我，我也喜欢她。我喜欢她的美，她是很美的美人。我也喜欢有美人喜欢我。她是白俄贵族，不会说中国话，教体操只会用英语喊口令。我们全校学生排成一大长队，最小的排在最前头。我不是最小的，我前头还有三四个小鬼比我的个儿稍微小些，年龄也小。她们听不懂老师的口令。我虽然不懂英语，老师的意思我全懂。她看出我懂，就挑我领队。我们先要排着队走许多花样：单行，双行，左右单行，左右双行，又合并成一行，又走成一个越转越紧的圈儿，又返回原样。其实，我只带领身后几个小鬼而已，中班生、大班生都懂得口令。可是我自以为在领队呢。走完，我们分排站定，每个人前后左右都有相当的距离。我们有时做棍棒操，有时做哑铃操，有时是空手做操。空手做操有一个难做的动作：双足并立，两手叉腰，蹦一下，蹦得很高，同时举起双手，拍一下，同时也双脚分开，拍一拍又合上，再落地，手脚还原。斯文的女学生不会做。我是个蹦蹦跳跳的小鬼，这个动作做得特好，老师叫我在全班面前示范。我挺得意。做完操，队伍颠倒过来，由大的学生领队，小的做尾巴，走出操场。老师总把她的一对棍棒或哑铃交给尾巴梢上的我，叫我替她还给保管这些器具的姆姆，还叫我替她说声谢谢（因为她自己不会说中国话）。她管我叫 Baby。小鬼们说我是她的“大零”（darling）（心爱的人）。她的“大零”我愿意做。我那次摔出一个血红的“青馒头”就是为了一心要做好“大零”，才失足滑跌。礼姆姆都看在眼里呢。体操老师在找 Baby，礼姆姆特来找我，我什么苦都忘了。

我们的台板是斜面，底下还有一道边缘，台板上的东西不会滑下去。台板上面有半尺宽的平面，可以放墨水瓶、砚台之类。我胳膊短，台板大，蘸墨水得把手伸得老远。墨水蘸多了，会滴在纸上；蘸少了，得一次一次伸长胳膊。不过坐着读书写字都很舒服。我洗净一个空墨水瓶，灌满清水，养一棵黄豆苗。我大概是学了植物学，要看看种子发芽抽苗。英文课堂虽然很明亮，豆苗却照不到阳光，所以长得又瘦又长。有一天大姐姐笑着问我：“豆苗长多高了？礼姆姆说你天天和豆苗比高低呢。”我才知道礼姆姆什么都看在眼里。

我做的坏事，想必也逃不过礼姆姆的眼睛，而且还有意外被发现的呢。有个小魔鬼是两广总督的七姨太的女儿，比我大一两岁。我们偶尔一起玩过。一次，她约我到中文课堂的后面去玩。两个课堂的前面是笔直的长廊，相离不远。课堂后面各有走廊，却是走不通的，得绕过大楼的后面，在空场上走好一段路。我们以为离英文课堂远，就很平安。两个课堂的后走廊都比地面高。我们站在平地上，走廊的地面恰恰齐胸，我们可以站着玩“抓子儿”（称“捉铁子”）。我们拣几颗小石子，就可以玩了。其实这也并不好玩，只因为是偷玩，就觉得好玩。我们两个都侧身站在走廊前面，我脸向中文课堂，她脸向英文课堂。我正在做“赶小猪”、“蚕蜕壳”等花样，她忽然急忙地钻进“小间”去了。我觉得她太急相了。我一人抓着石子“称斤量”，玩着等她。她老也不出来。我一回头，不好了！那边礼姆姆正带着一群参观的贵宾从英文课堂后廊朝大操场慢慢走来。我急忙想钻入“小间”，可是，每一间都键着门呢。我和礼姆姆虽然隔着大片空地，可是大树太高，遮不了我这个小鬼。我只好假装洗手，走到水池边，开了水龙头。可是我为什么要到中文课堂后面去洗手呢？我肯定，礼姆姆已经看见我了。怎么办？怎么办？只有一法，赶紧逃回英文课堂去。我硬着头皮，在礼姆姆眼皮下，奔跑着逃回英文课堂，心里直打鼓。大姐姐并不在我座旁。我记不起那是上午还是下午，很可能是下午。我一人坐着很气愤，心里直在和那个小魔鬼理论：“你看见礼姆姆了，就不告诉我一声？你怕我抢你的‘小间’吗？你自己躲得快，就把我一人晾着！”再想想，她当然是抢先躲好，不能两人躲在一个“小间”里。她即使早告诉了我，我也不能变成一条虫子爬回英文课堂。我干了坏事反正遮盖不住。

晚上大姐姐对我说，礼姆姆在问，季康在中文课堂后面干什么呢？干吗奔跑？我就如实招供，准备大姐姐训我一顿。可是大姐姐什么也没说。我准备礼姆姆要请我“吃大菜”了，可是礼姆姆并没有追究。倒是我自己训了自己一顿。约我偷玩的小魔鬼太鬼了，太不够朋友了。可是她压根儿不是我的朋友，为什么她一招我就应她呢？

我和这位小魔鬼还有一段往事，记不起这件事和那件事的先后。另有一个小鬼，新得了一把小洋刀，可以把鸭肫干削着薄片儿吃。她和那个大官的女儿是朋友。她们俩找了我和我的朋友，一起躲在背人的地方。她把鸭肫干削成薄片，四人轮着吃。我们给一位老师发现了。那位老师大概觉得她一个人不够凶，还找了一位姆姆和另一两位老师，同坐在一间教室里，召“四个小魔鬼”去训斥。我第一个进去，我的朋友跟在末尾。我们站在教室侧面，一溜四个。我们是当场拿获的，不用审讯，虚心受训就行。她们训斥完毕，喝令“四个小魔鬼”回自修室去。我的朋友第一个退出。她哭了。我末一个退出。我看见姆姆、老师紧绷的脸已经绷不紧，都忍不住要笑了。我当时没有低头，都看见。我安慰我的朋友："不要紧，她们都在笑呢。"不过这是我的独家消息，我不告诉另外两个小魔鬼。我已打定主意，不再跟她们一起玩了。

学校里谁是权威人物，小班孩子最明白。礼姆姆之外，就数列姆姆。列姆姆是苏格兰人，主管英语教学。她比礼姆姆瘦小，也比较年轻，礼姆姆的眼睛是温软的；列姆姆的眼睛是闪亮闪亮的。她爱笑，笑时露出整齐的牙齿，笑得很愉快。不过她没工夫对我们小鬼笑，除非笑我们小鬼。

每学年终了，大操场上总要搭上一个大舞台，台下摆满座位。学生像模像样地演几出戏，招待学生家长和贵宾。大班生和中班生演一出法文戏，一出英文戏。小班学生演的是英文戏，往往是边唱边演的歌剧。据我们小鬼的了解，所有的戏（包括舞台布景、服装等等）全都是列姆姆想出来的。列姆姆的助手就是"长阿姊"。演戏，她帮着排练；教课，由"长阿姊"教我们小班。弹钢琴也是列姆姆教，至少小班是她教。小班的唱歌是"长阿姊"教。

列姆姆不像礼姆姆经常看得见。她在三层楼上忙，不常出现。列姆姆总记着为我的朋友和我提供课外读物。书是四方形的薄本子，字很大，有插画。我跟着我的朋友第二次跳班之后，大考有一道题我答不出，呆呆地坐着。列姆姆监考。她过来看看我答不出什么问题，就走到班上最拔尖的学生旁边偷看，然后回来教我。我经她点拨，才交上答卷。

晚上我把这件事告诉大姐姐。我说："列姆姆自己也答不出，她偷看了别人的考卷来教我。"大姐姐满面不屑地笑说："反正谁也不会和你这种小鬼计较。"

列姆姆出来的时候，身边往往有个"长阿姊"；一个高高的，一个瘦小的。我们不怕列姆姆，只怕"长阿姊"。我记得"长阿姊"教我们唱英文歌。她教一句，我们鹦鹉学舌般学一句。一次，小鬼们学了几遍还学不好，她大喝一声"听！"小鬼们照模照样齐声喝一声"听！"（我和我的朋友是例外，我们没出声。我们唱得很好。）"长阿姊"好生气唷！她不知道对小鬼一味凶，并不管事。

我们星期三有一门课叫"格致"（"格物致知"，就是物理），我插在中班。教我课的姆姆总把我的名字叫作"同康"。这是我二姐的名字。我家孩子从不敢提这个名字，因为知道爸爸妈妈要伤心的。我记得我们还在北京的时候，二姐姐没有了。有一晚大风，我们一家人正围坐灯前说话。我妈妈忽然把手一抬，侧耳静听。妈妈说，她好像听见二姐姐在叫妈妈，再听又没有了。妈妈簌簌地流泪，爸爸和大姐姐都帮着妈妈前前后后地听。我们几个小孩子都屏着气不敢出声。后来不记得爸爸用什么办法叫我们孩子打乱了妈妈的心思。据大姐姐告诉我，二姐是这位姆姆最宠爱的学生。她叫我同康，我就肃然恭敬。我好比被神仙一指，小魔鬼变成了小天使。我在班上是最乖的好学生。

有一天，“长阿姊”拿了一份小考的考卷，直塞到我眼前，很严厉地说：“看看！看看！这是谁的卷子？”我看了，考卷是用钢笔蘸了墨水写的，一个个字都写得非常工整，没一个错字，没一滴墨水。每道题后有姆姆用红墨水批的分数，每道题都满分，总分是100分。我很惊奇地看到卷子上是我自己的名字。我简直不敢相信自己的眼睛。可是我不觉得骄傲而感到惭愧了，因为我的英文课卷从没有这么整洁的，少不了有二三滴墨水（滴上又吸干的），少不了有二三处写错又改的。我竟能写得没一个错字，没一滴墨水，简直是奇迹！怪不得“长阿姊”生大气呢！可是那位姆姆并没凶啊！

“长阿姊”凶虽凶，她的脸不凶，只是声音凶。她对我们孩子还是蛮好的。她曾为我缝过鞋，我至今还记着呢。

我上文说过，长廊下面有个大花园。这大花园只好看，不好玩，四周种着花树，园里铺着大片草坪，草坪不能践踏，远不如大楼后面空地尽头的乱草地好玩。草坪靠近走廊的一边，有一道很宽的碎石路。石块大概是打碎的花岗石，看着就知道硬。我曾想学燧人氏“钻木取火”，来一个击石取火，伙同小鬼们拣了碎石块，躲在黑地里把两石相击，想打出火来。但是不见火花，只能看到石头的薄边上现出红晕，好像要冒火的意思。可是只见红晕，从不见火花，我就没兴趣了。走在这种碎石上如果不老实，摔一跤不仅摔破膝盖，裤子也得摔破。脚底下踩着也并不舒服。所以我们“散心”的时候，不大在大花园里玩。

从长廊到碎石路，有两座台阶。一座小的在长廊中部，一座大的在长廊西尽头。长廊高出地面一米半，西尽头的台阶有一间小教室那么宽，整座石阶的坡面有一只床那么长，分十级。我一个人自己玩的时候，常在这里练习跳石阶，从石阶跳到碎石路，三级、四级，到六级、七级。这种游戏见本领，摔不得，石阶和碎石路都是不饶人的。有一次许多小孩一起玩，一般小孩能跳三到五级，能跳八级的只有两人，一个就是我。再高一级就没人敢跳了。我已跳得脚里有数，从第九级安然跳下来，一群小鬼很佩服。我还不甘心，再跨上一层，到了最高的一层。小鬼们屏息以待。我站定了先打量一下，脚下该加多少劲，身子该蹲得更低些。我大着胆子踊身一跳，居然平稳落地。但是两脚虽然落地，蹲着的身子止不住还往前冲，鞋底在碎石路上擦过一尺左右才停下。我站起身，一无损伤。我跳成了！跳成了也就是到顶了，我也不敢再跳。一群孩子都散到大楼后面的空场上去。

我大概是打算去找我的朋友。可是我觉得两脚跟凉飕飕的，鞋也松了。我回过头往脚后跟一看，糟了！我穿的是布鞋，鞋帮后跟原是细针密线缝上的，这回裂了大口子，两个后跟开了两只竖的眼睛。我脱下鞋，发现袜子后跟也磨破了，两个袜跟都一样破，露出两个“鸭蛋”（我们管露出的脚跟叫“鸭蛋”）。露出“鸭蛋”是丢丑的事，而且鞋太松了，走路也不便。

我凭自己穿的鞋，可以推定那时期是一九二〇年的秋季。因为我还穿家里做的布鞋，只是不用布底，而改用黄牛皮底，很结实，但味道不好闻，臭的。我检查自己鞋袜的时候，很可能已经给“长阿姊”看见了。我没走几步，劈面就碰到她。她一眼便看到了我的狼狈相。她叫我把鞋脱下给她，一面伸手在自己的大裙子的口袋里掏摸出针线和顶针。她穿上了线。我把鞋交给她。她很快地为我密密缝上，缝好了打上结子，还用牙齿去咬断线。又命我脱下另一只鞋。我一只脚有鞋，没鞋的一只脚不能踩在泥地上，我还尽力遮掩着我的“鸭蛋”。当时的窘态，至今还记得。“长阿姊”不嫌我的鞋臭，再次用牙咬断线。我心上很抱歉，也很感激。别的小鬼们怕她，骂她“杂种”，我却从没骂过。

主管中文教学的是依姆姆。她自己不教课，不知忙什么。依姆姆是高高个儿，又瘦又老，瘦削的长脸，戴一副高度近视眼镜。大家都知道我是依姆姆的“大零”。午饭，往往是依姆姆巡视饭堂。她必定要停在我旁边，把我的筷子拿过去，为我夹菜。她又叫我大姐姐买些毛线，她要为我织一副手套。大姐姐托人买了两股酱红色的毛线。依姆姆一面走路，一面十指忙忙编织，为我织了一副露出手指的手套。我整个冬天戴着这副酱红色小手套。

依姆姆没有助手。她聘请的邹先生是一位上海名士，五十年前，我还曾在何其芳同志的文章里见到他的名字。现在已看不到有谁提起他了。我只记得他别号“酒丐”，他的名字，连我这个做过他学生的也记不起了。

邹先生教大班生念四六文，还要做诗。三姐是中班生，我不知道她读什么书。我入学之前，曾经过一番考试，插入中班。我是邹先生教的最低班，读《孟子》，每段都要背。我们小鬼上午十点左右，都放出去玩一会。我因为上了几门中班的课，大姐姐不让我玩。我觉得很委屈，可是又愁背不出书。大姐姐说："不用背，你只管读完十遍，就出去玩。"她为我做了一条记数的纸条，上面是1、2、3、4……到10。我把纸条压在书下，每读一遍，就把纸条抽过一个数字，读满十遍，姐姐就给我一粒水果糖，让我含着糖出去玩。我总老老实实读满十遍，第二天也居然能背。我至今还能背呢。

邹先生上课，总有个姆姆坐在课堂后面的角落里旁听，下午为我们复习。我坐在第一排正中，就在邹先生眼皮底下，后面还有姆姆监视，可是我还能私下偷玩。一条二尺长的细绳子，结成一圈，就够我玩的。现在回想，课堂上不听讲、偷玩，是我在启明养成的最坏的习惯。以后我换了学校，曾有好几位名师教语文，可是我总不听讲，总爱偷玩，现在后悔已来不及了。

邹先生班上作文，限在课堂上做。一次，题目是《惜阴》。我胡诌说："古之圣贤豪杰，皆知惜阴。"依姆姆看了课卷，满处称赞"小季康'明悟'好来!"（"明悟"又是启明的特殊语言；“好来”是上海话，指好得很。）害我挨了大姐姐好一顿训斥。大姐姐说：“你别自以为聪明！”我哪会自以为聪明呢。我在邹先生班上，至多是七十分上下的学生。邹先生出的对句，两个字的我还能对，三个字就对不上了。有一次我把“星”字写错了，头上多了一撇。邹先生看我是最小的小鬼，不用对我客气。他挖苦了我一顿说：“还没看见过‘白’字头的星字呢！本来还可以给七十分，现在只好六十分了。”分数我满不在乎，我私下里的“课堂娱乐”他从未觉察过，所以我一点不嫌他。后来他更老了，上课总唉声叹气说：“儿子不肖。”有一次，他脑门子上贴了纱布橡皮胶，说是给儿子用什么东西砸伤的。以后他不来教课了。换来一个年轻漂亮的男老师。我说不出什么缘故非常厌恶他。他教我们读韩愈。我没有任何理由要厌恶他，可是我对这位老师纯是厌恶，而且是强烈地厌恶。现在想来，可能因为他一双眼睛太精明，盯着每个学生，小女孩子会有反感。

有一次，“月头礼拜”我随两个姐姐回家，走向车站的半路上，看见邹先生站在卖沙角菱的摊儿旁边，忙忙地吃沙角菱，白胡须里沾了许多熟菱的碎屑。我心中恻然，觉得邹先生好可怜。吃沙角菱有什么可怜呢？大概因为他不是坐着吃，也不是两人同吃，却是一个人冒着风忙忙地吃，好像偷吃似的。我想起邹先生，就想起这幅情景，觉得邹先生好可怜。

我常听到大姐姐和老师们议论依姆姆这不对、那不好，说她总是“不得当”。我听了觉得很不舒服，好像我应该护着依姆姆，因为她待我好。我听她挨骂而没能护她，好像是我没良心。我对依姆姆很感激。她神速地扭动着十个指头为我织手套，她为我夹菜，还动不动称赞我，我都记着呢。可是说实在话，我不怎么愿意做她的“大零”，因为我实在并不喜欢她。这句话，我不愿意告诉姐姐，我对谁也没说过。只是每想到依姆姆，我心上总感到抱歉。

还有一位珍姆姆，也是喜欢我的。她就是邹先生上课时坐在后排旁听，然后又为我们复习的那位。我们的历史课也由她教。我至今还记得她历史课上讲的“和珅跌倒，嘉庆吃饱”。不知为什么，学生都不喜欢她。她偶尔脸上长了几个红疙瘩，大家就管她叫“赤豆粽子”。并没有谁说我是她的“大零”。不过，她向我表示我是她的“大零”。

星期天的“跑路”，我总分在她带领的一群小孩子里（我和我的朋友不在一队）。一次，该是一九二一年的春天或秋天，我们“跑路”到一个私家花园去玩。这个花园我们常去，大概这家有儿女做了修士，捐赠给教会的。进园有个汽车房，园里有个干涸的池塘，泥面已龟裂。池上有石桥，池旁有假山，后面有厅堂。这位姆姆拉我和另几人坐在厅堂里陪她。我觉得很没趣。可是我也没有别的朋友。忽有两个孩子慌慌张张跑来告急，叫我出去，有事。据说有个孩子走入池塘，陷在泥里了。姆姆说："'呒志气'的孩子让她去。"我公然反抗说："让她陷在泥里啊?"我不理姆姆的阻挡，跟着告急的孩子赶到现场。其实我并不比她们年长，只是班次比她们都高，所以她们向我求救。

那个走入池塘的孩子已经走过泥塘，正站在对面岸边哭呢。塘里的泥虽然是烂泥，却是半干的，只没及膝盖以上，衣服没沾泥，但裤腿上全是烂泥。她穿的鞋是搭袢皮鞋，一只鞋上的纽扣掉了，鞋落在泥里了。我到场的时候已有几个孩子找到了一枝长竹竿，正从池塘的一个脚印里挑出一只泥鞋，泥鞋正高高地挑在竹竿顶上，掉下来是一只装满烂泥的鞋。一群孩子都带着期望的眼光看着我。

我使劲儿想了一想。我想，泥虽是烂泥，不太湿，并未渗透到里面的裤子。皮鞋可以冲洗（汽车房里有水龙头），问题只在袜子。在我们那个年代，不穿袜子是万万不行的，等于不穿衣裤。我们早上穿衣服的时候，大家都掀开帐子，一来因为临睡脱下的衣服都放在床前凳子上，二来因为帐子里闷，我们都掀开了帐子穿衣服。我偶曾看见一人穿袜子套上两双，也听说常有人穿两双。我使劲想一想的时候，都想到了。我立即发号施令：

“把泥裤子往下反剥下来，泥袜子也倒剥下来，卷在剥下的裤子里。谁穿两双袜子的脱一双给她（指落难的孩子；果然有穿两双袜子的，有两人呢）。皮鞋到汽车房的水龙头下冲洗干净，大家都拿出手绢来给她擦干。”我顿时成了小鬼里的大王。

大家七手八脚照我说的办，很快就解决了一切问题，只是那双皮鞋经过冲洗，泡得很湿。我们先还找些破报纸把鞋擦拭干净，才用各人献出的手绢儿。手绢虽多，都是小的。鞋还没很干就带湿穿上了。吹哨子大家归队的时候，落难的孩子只不过没穿黑色校裤而穿一条绿花布夹裤，臂下夹着一卷黑校裤（反面没有泥）。她被姆姆训了几句“呒志气”就完了。

一群小鬼因为我顶撞了姆姆都为我担忧。回校后只顾计议怎样用一根草绳横经在长廊里，叫“赤豆粽子”滚一跤。我觉得她们太“小孩儿”了。不过我确有点不安，我没敢告诉姐姐。

我有事不告诉三姐姐。她上楼后总有朋友在一起。我早上等她为我梳头——四条辫子简为一大一小两条辫子后，大姐姐事忙，不管我了。三姐姐和朋友交换梳头，好半天也顾不上我。我披着头发，等得不耐烦，就学着自己编，先把小辫用头发夹子夹上，不用再编小辫，然后把头发分为三股，一手管一股，借牙齿当一只不活动的手，试着试着，自己也编成了辫子。三姐看了说："不歪，也笔直的，行!"我就自己梳头了，我九岁就自己梳头，很自豪。

大姐姐因为我晚上最早上楼，托我帮她洗洗油画笔。冷水肥皂洗油画笔，很费事。她上楼的时候也往往有朋友在一起。我过了几天才把我和珍姆姆犟嘴的事告诉大姐姐。我问大姐姐，珍姆姆会不会向礼姆姆告状。大姐姐说："她不敢。"这件事我不久也忘了。

可是我一下子被小鬼拥戴为大王，颇有点醉意。这帮小鬼拉我一起玩，我就跟着一起疯。我又跌破了膝盖，自觉没趣，和她们玩也无聊，我躲开她们，仍然找我的朋友一同"散心"。以后我也不再经常跌破膝盖了。

学校有个病房在三层楼上。看病的姆姆是外国人，有两道浓浓的黑眉毛。我们小鬼最怕她。谁如果牙痛，她叫张口，让她看看。没来得及闭口，她已经一钳子把牙拔掉了。喉痛，她也有办法，用一根棉花棍儿蘸些含碘的什么药水，在喉咙里一搅，很难受，可是很有效，很快就好了。如果有轻微的发烧，那就得受大罪，得吃蓖麻子油，还得喝水。生病的孩子只许吃咸橄榄，嫌咸，只好多喝水。我们小鬼从来不敢装病。

我在启明的末一学期，上夜课的时候常有一个梳“头发团”的学生哄我到她座旁去为她讲解英文信，还叫我替她起草英文信。大姐姐很奇怪，问我和那个人谈什么事。我就如实报告。大姐姐很有兴趣，我听见她笑着告诉三姐：季康在替人家写情书呢。启明学生的来往信件，都由校方指定的一位姆姆拆看。这位姆姆不懂英文。可是我至今也想不懂我讲解的英文信或起草写的回信里，什么话是“情书”。我未必能用英文替人家写情书，只可巧我是一个啥也不懂的孩子。比我年龄大的，她不敢信任。

一九二三年暑假，我家迁居苏州，我就在苏州上学了。后来我偶在大姐姐的抽屉里发现两件启明的纪念物。一件是一张剧照。演的是歌剧《主妇的一个礼拜》（星期一洗衣，星期二熨衣，星期三闲来无事，一边打毛衣，一边和邻家妇女闲聊家常……）。我演星期三的主妇。剧照上的我，打扮得像个洋娃娃，可是装作一个主妇，很滑稽。当时我一边唱一边演，自己看不见自己。我不大知道我在启明上学的时候，自己是什么个模样儿。看了姐姐留下的照片，很有兴趣。第二件东西是我的英文大考的考卷。启明的大考卷用很讲究的细格子大张纸。考题是由大班生用方头钢笔写成的粗黑体字。我看了自己的大考卷，也像我见了我“格致”课的小考卷一样惊奇。这次考试，就是列姆姆偷看了别人的考卷教我的。不过她只是悄悄儿点拨一下，字句都是我自己的。我想不到自己会写出这么像样的考卷，怪不得大姐姐特地讨来留下了。假如我继续在启明上学，我的外文该会学得更好些。

我在启明上学时的故事，我常讲给锺书听。他听了总感叹说：“你的童年比我的快活得多。我小时候的事，不想也罢，想起来只是苦。在家里，我拙手笨脚，专做坏事，挨骂。我数学不好，想到学校就怕。”有时他叫我：“写下来。”我只片片段段地讲，懒得写。现在没人听我讲了。我怀念旧事，就一一记下。

一九八七年，我曾收到母校一百二十周年校庆的纪念册。启明女校已改为上海市第四中学，原先的“女校”或“女塾”已完全消失了。纪念册上有学校建筑物的照相。教学大楼和长廊还保持原貌，我看了神往不已。但现在又十五年过去了，教学大楼和长廊还存在吗？我跳过的十级台阶，确实是十级吗？我还想去数数呢。

二〇〇二年三月二十三日定稿

陈光甫的故事二则

亲手创建上海商业银行的陈光甫先生和我爸爸是无话不说的好朋友。他们同在美国费城宾夕法尼亚大学进修。我爸爸属法学院，陈光甫属商学院。我在家里曾听爸爸讲“陈光甫的皮鞋”和陈光甫讲述的另一桩事。现转述如下。

陈光甫的皮鞋

陈光甫从家乡到了上海（这是多年前事，地点我已记不清楚），下火车先去买了一双新皮鞋。皮鞋装在纸匣里，有绳子十字形扎结停当，他拎了皮鞋就到经常投宿的亲戚家去。

亲戚见了他很高兴。晚饭后，大家谈笑了一番，各自归寝。这间房是他常住的。他把皮鞋放在床尾桌上，解衣睡下。

那是大冬天。他睡在被窝里只觉得说不出的害怕，害怕得怎么也睡不着；他辗转反侧，害怕得简直受不了。

约莫十二点左右，他闻到些儿“布毛臭”（就是布着火的气味），立即不害怕了，恍然自己“哦”了一声：“就是为了这件事！”

失火了！他迅速穿衣起床，唤起亲戚一家人。火是大片的火，从邻家延烧过来的。火势很猛。亲戚家只抢得几件珍贵细软，全家逃得性命，家具衣服被褥连同房子，全都烧光；只陈光甫那双皮鞋由主人拎在手里，很轻便地逃离了这场大火。

母女俩的故事

有母女两个相依为命，家里只母女两人。平时各居一室，很安顿。有一晚，两人都说不出的害怕，害怕得不敢分开，害怕得不敢灭灯睡觉，只好整夜开着电灯，两人相守着。到天蒙蒙亮的时候，忽闻邻家喊捉贼。邻家人多，贼给捉住了。据这个贼招供，他因为看见母女家晒皮衣，打算偷她们家。他一夜直蹲在对面屋脊上等候母女灭灯就下手。他等了一夜，不得机会，没奈何就去偷人口众多的邻家。

对面屋顶上一个贼眈眈看伺，母女会觉得害怕，我们能理解。未来的一场火灾，陈光甫事先觉得害怕，我们觉得很微妙；但那是他的亲身经历。

二〇〇三年四月八日

尖兵钱瑗

钱瑗和她父母一样，志气不大。她考上了北京师范大学，立志要当教师的尖兵。尖兵，我原以为是女儿创的新鲜词儿，料想是一名小兵而又是好兵，反正不是什么将领或官长。她毕业后留校当教师，就尽心竭力地当尖兵。钱瑗是怎么样的尖兵，她的同学、同事和学生准比我更了解。

我们夫妇曾探讨女儿的个性。锺书说："刚正，像外公；爱教书，像爷爷。"我觉得这话很恰当。两位祖父迥不相同的性格，在钱瑗身上都很突出。

钱瑗坚强不屈，正直不阿。北师大曾和英国合作培养"英语教学"研究生。钱瑗常和英方管事人争执，怪他们派来的专家英语水平不高，不合北师大英语研究生的要求。结果英国大使请她晚宴，向她道歉，同时也请她说说她的计划和要求。钱瑗的回答头头是道，英大使听了点头称善。我听她讲了，也明白她是在建立一项有用的学科。

有一天，北师大将招待英国文化委员会派来的一位监管人。校内的英国专家听说这人已视察过许多中国的大学，脾气很大，总使人难堪，所以事先和钱瑗打招呼，说那人的严厉是“冲着我们”，叫钱瑗别介意。钱瑗不免也摆足了战斗的姿态。不料这位客人和钱瑗谈话之后非常和气，表示十二分的满意，说“全中国就是北师大一校把这个合作的项目办成功了”，接下慨叹说：“你们中国人太浪费，有了好成绩，不知推广。”钱瑗为这项工作获得学校颁发的一份奖状。她住进医院之前，交给妈妈三份奖状。我想她该是一名好的小兵，称得上尖兵。

钱瑗爱教书，也爱学生。她讲完课晚上回家，得挤车，半路还得倒车，到家该是很累了。可是往往到家来不及坐定，会有人来电话问这问那，电话还很长。有时晚饭后也有学生来找。钱瑗告诉我：她班上的研究生问题最多，没结婚的要结婚，结了婚的要离婚。婚姻问题对学习影响很大，她得认真对待。所以学生找她谈一切问题，她都耐心又细心地一一解答，从不厌倦。我看出她对学生的了解和同情。

早年的学生她看作朋友，因为年龄差距不大。年轻的学生她当作儿女般关爱。有个淘气学生说："假如我妈能像钱瑗老师这样，我就服她了。"

钱瑗教的文体学是一门繁重而枯燥的课，但她善用例句来解释问题，而选择的例句非常精彩，就把文体学教得生动有趣了。她上高中二年级时曾因病休学一年，当时我已调入文学研究所的外文组（后称社科院外文所），她常陪我上新北大（旧燕京）的图书馆去借书还书。她把我借的书读完一批又读一批，读了许多英国文学作品，这为她选择例句提供了丰富的资料。可惜这许多例句都是她备课时随手拣来的，没留底稿。我曾看过她选的例句，都非常得体，也趣味无穷。钱瑗看到学生喜欢上她的课，就格外卖力，夜深还从各本书里找例句。她的毕业生找工作，大多受重视也受欢迎，她也当作自己的喜事向妈妈报喜。

钱瑗热心教书，关怀学生，赢得了学生的喜爱。她为人刚正，也得到学生和同事的推重。她去世的告别会上，学生和同事都悲伤得不能自制。钱瑗的确也走得太早了些。

如今钱瑗去世快七年半了。她默默无闻，说不上有什么成就，也不是名师，只是行伍间一名小兵。但是她既然只求当尖兵，可说有志竟成，没有虚度此生。做父母的痛惜"可造之材”未能成材，“读书种子”只发了一点儿芽芽，这只是出于父母心，不是智慧心。我们夫妇常说：但愿多一二知己，不要众多不相知的人闻名。人世间留下一个空名，让不相知、不相识的人信口品评，说长道短，有什么意思呢。钱瑗得免此厄，就是大幸；她还得到许多学生、同事、同学友好的爱重缅怀，更是难得。我曾几次听说：“我们不会忘记钱瑗”，这话并非虚言。“文革”期间钱瑗的学生张君仁强，忽从香港来，慨然向母校捐赠百万元，设立“钱瑗教育基金”，奖励并培养优秀教师。张君此举不仅得到学校的重视，也抚慰了一个妈妈的悲伤。他的同学好友是名编辑，想推出“纪念钱瑗小辑”，他们两人相约各写一篇。钱瑗的学生和同事友好闻讯后，纷纷写文章纪念钱瑗，没几天就写出好多篇。我心上温暖，也应邀写了这篇小文。

二〇〇四年八月二十日

温德先生[1]爬树

一九四九年全国解放后，钱锺书和我得到了清华大学的聘书，又回母校当教师。温德先生曾是我们俩的老师。据说他颇有“情绪”，有些“进步包袱”。我们的前辈周培源、叶企孙等老师，还有温德先生的老友张奚若老师，特别嘱咐我们两个，多去看望温德老师，劝导劝导。我因为温先生素有“厌恶女人”（woman hater）之名，不大敢去。锺书听我说了大笑，说我这么大年纪了，对这个词儿的涵意都不懂。以后我就常跟

---

① 温德（Robert Winter，一八八七—一九八七），祖籍法国，在美国出生与读书。一九二三年在闻一多举荐下来华任教，先后在东南大学、清华大学、西南联大和北京大学教授西方文学，在中国工作和生活了六十多年。杨绛先生曾在温德先生去世的一九八七年撰文《纪念温德先生》，收入《杂忆与杂写：一九三三—一九九一》。本文原为《走到人生边上》（商务印书馆，二〇〇七年）的“注释”之一，征得出版社和作者的同意，收入本书。——编者

着锺书同去，温先生和我特友好。因为我比锺书听话，他介绍我看什么书，我总像学生般服从。温先生也只为“苏联专家”工资比他高三倍，心上不服，经我们解释，也就心平气和了。不久锺书被借调到城里参与翻译《毛泽东选集》工作，看望温先生的任务，就落在我一人身上了。

温先生有事总找我。有一天他特来我家，说他那儿附近有一架长竹梯他要借用，请我帮他抬。他告诉我，他特宠的那只纯黑色猫咪，上了他家东侧的大树，不肯下来。他准备把高梯架在树下，上梯把猫咪捉下来。他说，那只黑猫如果不回家，会变成一只野猫。

梯子搬到他家院子里，我就到大树下找个可以安放梯子的地方。大树长在低洼处，四周都是大大小小的石块和土墩。近树根处，杂草丛生，还有许多碎石破砖，实在没个地方可以安放这架竹梯。温先生也围着树根找了一转，也没找到哪个地方可以安放那架长梯。近了，梯子没个立足之地；远了，靠不到树上。这架梯子干脆没用了。我们仰头看那黑猫高踞树上，温先生做出种种呼唤声，猫咪傲岸地不理不睬。

我脱口说：“要是我小时候，我就爬树。”

没想到这话激得温先生忘了自己的年纪，或不顾自己的年纪了。他已有六十多岁，人又高大，不像他自己估计的那么矫捷了。他说：“你以为我就不能上树了吗?!”

我驷不及舌，忙说：“这棵树不好上。”因为最低的横枝，比温先生还高出好老远呢。这话更是说坏了。温先生立即把外衣脱下，扔了给我，只穿着一件白色衬衣，走到树下，爬上一块最大的石头，又从大石头跳上最高的土墩，纵身一跳，一手攀上树枝，另一手也搭上了，整个人挂在空中。我以为他会知难而退，可是他居然能用两臂撑起身子，然后骑坐树枝上。他伸手把衬衫口袋里的眼镜盒儿掏了出来，叫我过去好生接着。我知道温先生最讨厌婆婆妈妈，到此境地，我不敢表示为他害怕，只跑到树下去接了他扔下的眼镜盒儿。他嫌那盒儿塞在胸前口袋里碍事。他像蛇一般贴在那横枝上，向猫咪踞坐的高枝爬去。我捏着一把汗，屏息而待。他慢慢地爬过另一树枝，爬向猫咪踞坐的高枝。但是猫咪看到主人来捉，就轻捷地更往高处躲。温先生越爬越高，猫咪就步步高升。树枝越高越细。这棵树很老了，细树枝说不定很脆。我不敢再多开口，只屏息观望。如果温先生从高处摔下，后果不堪设想。树下不是松软的泥土，是大大小小的石块，石缝里是碎石破砖。幸亏温先生看出猫咪刁钻，绝不让主人捉住。他只好认输，仍从原路缓缓退还。我没敢吭一声，只仰头屏息而待。直到他重又双手挂在树枝上，小心地落在土墩上，又跳下大石，满面得意，向我讨还了他的眼镜盒儿又接过了他的外衣，和我一同回到他的屋里。

我未发一声。直到我在他窗前坐下，就开始发抖，像发疟疾那样不由自主的牙齿捉对儿厮打，抖得心口都痛了。我不由得双手抱住胸口，还只顾抖个不了。温先生正等待着我的恭维呢！准备自夸呢！瞧我索索地抖个不了，诧异地问我怎么回事，一面又笑我，还特地从热水瓶里为我倒了大半杯热水。我喝了几口热水，照样还抖。我怕他生气，挣扎着断断续续说："温先生，你记得 Sir William James 的 *Theory of Emotion* 吗？"温先生当然读过 Henry James（一八四三——九一六）的小说，但他也许并未读过他哥哥 William James（一八四二——九一〇）的心理学。我只是偶然读过一点点。照他的学说，感情一定得发泄。感情可以压抑多时，但一定要发泄了才罢休。温先生只是对我的发抖莫名其妙，我好容易抖完，才责怪他说："你知道我多么害怕吗？"他虽然没有捉住猫咪，却对自己的表演十分得意。我抖完也急急回家了，没和他讲究那套感情的理论。

李慎之先生曾对我说：“我觉得最可怕是当‘右派’，至今心上还有说不出的怕。”我就和他讲了我所读到的理论，也讲了我的亲身经验，我说他还有压抑未泄的怕呢。

劳神父[1]

我小时候，除了亲人，最喜欢的是劳神父。什么缘故，我自己也不知道。也许因为每次大姐姐带了我和三姐姐去看他，我从不空手回来。我的洋玩意儿都是他给的。不过我并不是个没人疼的孩子。在家里，我是个很娇惯的女儿。在学校，我总是师长偏宠的学生。现在想来，大约因为劳神父喜欢我，所以

---

① 劳神父，中文名劳积勋（R. P. L. Froc，一八五八——一九三二），法国人，天主教耶稣会传教士。一八八三年来华，入徐家汇天文台，为台长能恩斯的助手。一八八七年回法国修习天主教教义及数学。一八九五年回上海，次年接任徐家汇天文台台长直至一九二六年，掌管徐家汇天文台三十余年。致力于飓风的研究，被远东航海界称为“飓风之父”，曾代表徐家汇天文台赴欧洲和日本参加世界气象大会。著有《远东大气》、《六百二十次飓风的路向》等。上海法租界曾以其名字命名一条马路，即今天的合肥路。

本文原为杨绛先生《走到人生边上——自问自答》（商务印书馆，一九九七）的“注释”之一，征得出版社和作者的同意，收入本书。——编者

我也喜欢他。

劳神父第一次赠我一幅信封大小的绣片，并不是洋玩意儿。绣片是白色绸面上绣一个红衣、绿裤、红鞋的小女孩儿，拿着一把扇子，坐在椅子上乘凉。上面覆盖一张卡片，写着两句法文："在下学期再用功上学之前，应该好好休息一下了。""送给你最小的妹妹"。卡片是写给大姐姐的，花字签名的旁边，还画着几只鸟儿，上角还有个带十字架的标记。他又从自己用过的废纸上，裁下大小合度的一方白纸，双叠着，把绣片和卡片夹在中间，面上用中文写了一个"小"字，是用了好大功力写的。我三姐得的绣片上是五个翻跟斗的男孩，比我的精致得多。三姐姐的绣片早已丢到不知哪里去了。我那张至今还簇新的。我这样珍藏着，也可见我真是喜欢劳神父。

他和我第一次见面时，对我说：他和大姐姐说法语，和三姐姐说英语，和我说中国话。他的上海话带点洋腔，和我讲的话最多，都很有趣，他就成了我很喜欢的朋友。

他给我的洋玩意儿，确也是我家里没有的。例如揭开盒盖就跳出来的"玩偶盒"（Jack-in-the-box）；一木盒铁制的水禽，还有一只小轮船，外加一个马蹄形的吸铁石，玩时端一面盆水，把铁制的玩物浮在水上，用吸铁石一指，满盆的禽鸟和船都连成一串，听我指挥。这些玩意儿都留在家里给弟妹们玩，就玩没了。

一九二一年暑假前，我九岁，等回家过了生日，就十岁了。劳神父给我一个白纸包儿，里面好像是个盒子。他问我知不知道亚当、夏娃逐出乐园的故事。我已经偷读过大姐姐寄放在我台板里的中译《旧约》，虽然没读完，这个故事很熟悉。劳神父说："好，我再给你讲一个。"故事如下：

"从前有个叫花子，他在城门洞里坐着骂他的老祖宗偷吃禁果，害得他吃顿饭都不容易，讨了一天，还空着肚子呢。恰好有个王子路过，他听到了叫花子的话，就把他请到王宫里，叫人给他洗澡，换上漂亮衣服，然后带他到一间很讲究的卧室里，床上铺着又白又软的床单。王子说：这是你的卧房。然后又带他到饭厅里，饭桌上摆着一桌香喷喷、热腾腾的好菜好饭。王子说：这是我请你吃的饭；你现在是我的客人，保管你吃得好，穿得好，睡得好；只是我有一道禁令，如果犯了，立刻赶出王宫。

"王子指指饭桌正中的一盘菜，上面扣着一个银罩子。王子说：'这个盘子里的菜，你不许吃，吃了立即赶出王宫。'

"叫花子在王宫里吃得好，穿得好，睡得好。日子过得很舒服，只是心痒痒地要知道扣着银罩子的那盘菜究竟是什么。过了两天，他实在忍不住了，心想：我不吃，只开一条缝缝闻闻。可是他刚开得一缝，一只老鼠从银罩子下直蹿出来，逃得无影无踪了。桌子正中的那只盘子空了，叫花子立即被赶出王宫。”

劳神父问我：“听懂了吗？”

我说：“懂。”

劳神父就把那个白纸包儿交给我，一面说：“这个包包，是我给你带回家去的。可是你得记住：你得上了火车，才可以打开。”我很懂事地接过了他的包包。

从劳神父处回校后，大姐姐的许多同事——也都是我的老师，都知道我得了这么个包包。她们有的拿来掂掂，摇摇；有的拿来闻闻，都关心说：包包里准是糖。这么大热天，封在包包里，一定化了，软了，坏了。我偷偷儿问姐姐：“真的吗？”姐姐只说：“劳神父怎么说的？”我牢记劳神父嘱咐的话，随她们怎么说，怎么哄，都不理睬。只是我非常好奇，不知里面是什么。

这次回家，我们姐妹三个，还有大姐的同事许老师，同路回无锡。四人上了火车，我急不可待，要大姐姐打开纸包。大姐说：“这是‘小火车’，不算数的。”（那时有个小火车站，由徐家汇开往上海站。现在早已没有了。）我只好再忍着，好不容易上了从上海到无锡的火车。我就要求大姐拆开纸包。

大姐姐撕开一层纸，里面又裹着一层纸；撕开这层，里面又是一层。一层一层又一层，纸是各式各样的，有牛皮纸，报纸，写过字又不要的废稿纸，厚的、薄的、硬的、软的……每一层都用糨糊粘得非常牢固。大姐姐和许老师一层一层地剥，都剥得笑起来了。她们终于从十七八层的废纸里，剥出一只精致美丽的盒子，一盒巧克力糖！大姐姐开了盖子，先请许老师吃一颗，然后给我一颗，给三姐一颗，自己也吃一颗，就盖上盖子说："这得带回家去和爸爸妈妈一起吃了。"她又和我商量："糖是你的，匣子送我行不行?"我点头答应。糖特好吃，这么好的巧克力，我好像从没吃过呢。回家后，和爸爸妈妈一起吃，尤其开心。我虽然是个馋孩子，能和爸爸妈妈及一家人同吃，更觉得好吃。

一九三〇年春假，我有个家住上海的中学好朋友，邀我和另一个朋友到她家去玩。我到了上海，顺便一人回启明去看看母校师友，我大姐还在启明教书呢。我刚到长廊东头的中文课堂前，依姆姆早在等待了，迎出来"看看小季康"，一群十三四岁的女孩子都跑出来看"小季康"。我已过十八周岁，大学二年了，还什么“小季康”！依姆姆刚把学生赶回课堂，我就看见劳神父从长廊西头走近来。据大姐姐告诉我，劳神父知道我到启明来，特来会我的。他已八十岁了。劳神父的大胡子已经雪白雪白。他见了我很高兴，问我大学里念什么书。我说了我上的什么课，内有论理学，我说的是英文Logic，劳神父惊奇又感慨地说：“Ah！Loguique！Loguique！”我又卖弄我自己学到的一点点天文知识，什么北斗星有八颗星等等，劳神父笑说：“我欢迎你到我的天文台来，让你看一晚星星！”接下他轻吁一声说：“你知道吗？我差一点儿死了。我不久就要回国，不回来了。”他回国是落叶归根的意思吧。他轻轻抱抱我说：“不要忘记劳神父。”我心上很难受，说不出话，只使劲点头。当时他八十，我十八。劳神父是我喜爱的人，经常想念。

我九十岁那年，锺书已去世，我躺在床上睡不着，忽然想到劳神父送我那盒巧克力时讲的故事，忽然明白了我一直没想到的一点。当时我以为是劳神父勉励我做人要坚定，勿受诱惑。我直感激他防我受诱惑，贴上十七八层废纸，如果我受了诱惑，拆了三层、四层，还是有反悔的机会。但是劳神父的用意，我并未了解。

我九十岁了，一人躺着，忽然明白了我九岁时劳神父那道禁令的用意。他是一心要我把那匣糖带回家，和爸爸妈妈等一起享用。如果我当着大姐那许多同事拆开纸包，大姐姐得每人请吃一块吧？说不定还会被她们一抢而空。我不就像叫花子被逐出王宫，什么都没有了吗！九岁听到的话，直到九十岁才恍然大悟，我真够笨的！够笨的！

我从书上读到有道行的老和尚，吃个半饥不饱，夜里从不放倒头睡觉，只在蒲团上打坐。劳神父也是不睡的，他才有闲空在赠我的糖盒上包上十七八层的废纸。劳神父给我吃的、玩的，又给我讲有趣的故事，大概是为他辛勤劳苦的生活，添上些喜爱欢乐的色彩吧！

记比邻双鹊

我住的楼是六号楼，卧室窗前有一棵病柏，因旁边一棵大柳树霸占了天上的阳光、地下的土壤。幸亏柳树及时斫去，才没枯死，但是萎弱得失去了柏树的挺拔，也不像健旺的柏树枝繁叶茂，钻不进一只喜鹊。病柏枝叶稀疏，让喜鹊找到了一个筑巢的好地方。二〇〇三年，一双喜鹊就衔枝在病柏枝头筑巢。我喜示欢迎，偷空在大院里拾了大量树枝，放在阳台上，供它们采用。不知道喜鹊筑巢选用的建材颇有讲究。我外行，拣的树枝没一枝可用。过了好几天我知道不见采纳，只好抱了大把树枝下楼扔掉。

鹊巢刚造得像个盆儿，一夜狂风大雨，病柏上端随风横扫，把鹊巢扫落地下。幸好还没下蛋。不久后，这对喜鹊就在对面七号楼下小道边的胡桃树顶上重做了一个。我在三楼窗里看得分明，下楼到树下抬头找，却找不到，因为胡桃树枝叶扶疏，鹊巢深藏不露。但这个巢很简陋，因为是仓促建成的。胡桃树不是常青树，冬天叶落，鹊巢就赤裸裸地挂在光秃秃的树上，老远都看得见。

二〇〇四年的早春二月间，胡桃树的叶子还没发芽呢。这年的二月二十日，我看见这双喜鹊又在病柏的高枝上筑巢了。这回有了经验，搭第一枝，左放右放，好半天才搭上第一枝，然后飞到胡桃树上又拆旧巢。原来喜鹊也拆迁呢！它们一老早就上工了。我没想到十天后，三月三日，旧巢已拆得无影无踪了。两只喜鹊每天一老早就在我窗外建筑。一次又风雨大作，鹊巢没有掉落。它们两个每天勤奋工作，又过两星期，鹊巢已搭得比鸟笼还大一圈了，上面又盖上个巢顶，上层牢牢地拴在柏树高一层的树枝上。我看见鹊儿衔着一根树枝，两脚使劲蹬，树枝蹬不下，才满意。

鹊巢有两个洞，一向东，一向西。喜鹊尾巴长，一门进，一门出，进巢就不必转身。朝我窗口的一面，交织的树枝比较疏，大概因为有我家屋子挡着，不必太紧密，或许也为了透气吧？因为这对喜鹊在这个新巢里同居了。阿姨说，不久就下蛋了。它们白天还不停地修补这巢，衔的都是软草羽毛之类。我贡献了旧扫把上的几枝软草，都给衔去铺垫了。

四月三日，鹊巢完工。以后就看见身躯较小的母鹊经常卧在巢内。据阿姨说，鸡孵蛋要三个星期，喜鹊比鸡小，也许不用三个星期之久。父鹊每日进巢让母鹊出来舒散一下，平时在巢外守望，想必也为母鹊觅食。它们两个整天守着它们这巢。巢里肯定有蛋了。这时已是四月十九日了。下雨天，母鹊羽毛湿了，显得很瘦。我发现后面五号楼的屋檐下有四五只喜鹊避雨。从一号到五号楼的建筑和六号以上的楼结构不同，有可供喜鹊避雨的地方，只是很窄。喜鹊尾巴长，只能横着身子。避雨的，大概都是邻近的父鹊，母鹊大概都在巢内。我窗前巢里的父鹊，经常和母鹊一出一入，肯定是在抱蛋了。

五月十二日，我看见五六只喜鹊（包括我窗外巢里的父鹊）围着柏树打转，又一同停在鹊巢旁边，喳喳喳喳叫。我以为是吵架，却又不像吵架。喳喳叫了一阵，又围着柏树转一圈，又一同落在树上，不知是怎么回事。

十三日，阿姨在我卧室窗前，连声叫我“快来看!”我忙赶去看，只见鹊巢里好像在闹鬼似的。对我窗口的一面，鹊巢编织稀疏。隙缝里，能看到里面有几点闪亮的光，和几个红点儿。仔细看，原来巢里小喜鹊已破壳而出，伸着小脑袋在摇晃呢。闪亮的是眼睛。嘴巴张得很大，嘴里是黄色，红点儿该是舌头。看不清共有三只或四只，都是嗷嗷待哺的黄口。

我也为喜鹊高兴。抱蛋够辛苦的，蛋里的雏儿居然都出来了！昨天那群喜鹊绕树飞一转，又落在巢边喳喳叫，又绕树一圈，又一齐落在树上喳喳叫，该是为了这对喜鹊喜生贵子，特来庆贺的。贺客都是身躯较大的父鹊，母鹊不能双双同来，想必还在抱蛋，不能脱身。

阿姨说，小鹊儿至少得七到十天，身上羽毛丰满之后才开始学飞。我不急于看小鹊学飞，只想看小鹊儿聚在巢口，一个个张着黄口，嗷嗷待哺。自从小鹊出生，父鹊母鹊不复进巢，想是怕压伤了小雏。

阿姨忽然记起，不久前榆树上刚喷了杀虫药。想来全市都喷药了。父母鹊往哪儿觅食呢？十四日我还听见父母鹊说话呢，母鹊叫了好多声才双双飞走。但摇晃的脑袋只有两个了。天气转冷，预报晚上中雨。小鹊儿已经三朝了，没吃到东西，又冻又饿，还能活命吗？

晚饭前就下雨了，下了一晚。鹊巢上面虽然有顶，却是漏雨的。我不能为鹊巢撑把伞，因为够不着，也不能找些棉絮为小雏垫盖。出了壳的小鸟不能再缩回壳里，我愁也没用。一夜雨，是不小的中雨。早上起来，鹊巢里寂无声音，几条小生命，都完了。这天饭后，才看见父母鹊回来。父鹊只向巢里看了一眼，就飞走了。母鹊跳上树枝，又跳近巢边，对巢里再看一眼，于是随父鹊双双飞走。

五月十六日，早上八点半，我听见两只喜鹊在说话，急看窗口，只见母鹊站在柏树枝上，跳上一枝，又一跳逼近巢口，低头细看巢里，于是像啼哭似的悲啼，喳喳七声，共四次。随后就飞走了。未见父鹊，想是在一起。柏树旁边胡桃树上湿淋淋的树叶上，还滴着昨宵的雨，好像替它们流泪。这天晚饭后，父母鹊又飞来，但没有上树，只站在对面七号楼顶上守望。

又过了两天，五月十八日上午，六天前曾来庆贺小鹊生日的四五只大喜鹊，又飞集柏树枝上，喳喳叫了一阵。有两只最大的，对着鹊巢喳喳叫，好像对殇儿致辞，然后都飞走了。父母鹊不知是否在我们屋顶上招待，没看见它们。午后四时，母鹊在巢边前前后后叫，父鹊大约在近旁陪着，叫得我也伤心不已。下一天，五月十九日，是我女儿生忌。下午三时多，又来站在柏树枝上，向巢悲啼三四分钟。下一天，也是下午三时多，老时候。母鹊又来向巢叫，又跳上一枝，低头向巢叫，又抬头叫，然后和陪同前来的父鹊一同飞走。

五月二十七日，清早六时起，看见母鹊默默站在柏树旁边的胡桃树上，父鹊在近旁守望。看见了我都飞走了。五月二十八日，小鹊已死了半个月了。小鹊是五月十二日生，十三、十四日死的。父母鹊又同来看望它们的旧巢。母鹊站上巢顶悲啼。然后父母同飞去。从此以后，它们再也不站上这棵柏树，只在邻近守望了。晚饭后，我经常看到它们站在对楼屋顶上守望。一次来了一只老鸦，踞坐巢上。父母鹊呼朋唤友，小院里乱了一阵，老鸦赶走才安定下来。我们这一带是喜鹊的领域，灰鹊或老鸦都不准入侵的。我怀疑，小雏的遗体，经雨淋日晒，是不是发臭了，老鸦闻到气息，心怀不善吧？

这个空巢——不空，里面还有小雏遗体，挂在我窗前。我每天看到父鹊母鹊在七号楼屋脊守望，我也陪着它们伤心。冬天大雪中，整棵病柏，连带鹊巢都压在雪里，父鹊母鹊也冒寒来看望。

转眼又是一年了。二〇〇五年的二月二十七日，鹊巢动工约莫一年之后，父鹊母鹊忽又飞上柏树，贴近鹊巢，向里观望。小鹊遗体经过雨淋雪压、日晒风吹，大概已化为尘土，散失无遗。父母鹊登上旧巢，用嘴扭开纠结松枝的旧巢。它们又想拆迁吧？它们扭开纠结松枝的旧树枝，衔住一头，双脚使劲蹬。去年费了好大工夫牢牢拴在树巅的旧巢，拆下不易，每拆一枝，都要衔住一头，双脚使劲蹬。出主力拆的是父鹊，母鹊有时旁观，有时叫几声。渐渐最难拆的部分已经松动。这个坚固的大巢，拆得很慢，我却不耐烦多管它们的闲事了。直到五月五日，旧巢拆尽。一夕风雨，旧巢洗得无影无踪。五月六日，窗前鹊巢已了无痕迹。过去的悲欢、希望、忧伤，恍如一梦，都成过去了。

剪辫子的故事

我常记起我上中学时，听爸爸讲留日学生把留日学生监督的辫子剪下，系在长竹竿上示众的故事。故事很有趣，可是爸爸只不过讲讲而已，并没有写文章记下这件事。他讲的活灵活现，好像他当时在座客中亲眼目见的。其实他这个时期正和同在日本留学的雷奋、杨庭栋创办介绍先进思想的《译书汇编》呢。（参看朱正《鲁迅图传》——广东教育出版社二〇〇四年版26页）

剪辫子的故事很可能是我自己记的。文章从未发表，稿子却不知去向了。要寻找失去的稿子，白费工夫，不如重新记述一遍。说不定失物在不找的时候，往往意外发现。

我细细想来，故事好像是章宗祥讲的。他是当时的稳健派，我爸爸是激烈派。但他们两人一直是同窗好友，直到章宗祥订立了二十一条卖国条约以后，爸爸才和他疏远。当时有资格参加这个宴会的，该是专和官方结交的章宗祥。

这大约是一九〇二年的故事。原留日学生的监督任满回国，显然还要升官。接任的监督当然要设宴欢送。而这次接任的新监督，恰恰又是旧监督的亲信。这位亲信又和旧监督的如夫人有私情。筵席进行得十分酣畅，满堂欢声笑语。离任总督的如夫人忽盛装出场，当着满堂贵客，向离任总督叩了个头，说："恭喜老爷高升了！小妾（我记不真她是否自称'小妾'）跟老爷来此多年，习惯了当地的人情风俗，舍不得离去。求老爷就把小妾赏给新任老爷吧。"离任的监督虽很意外，毕竟是老官僚了，极为老练世故，立即满面笑容，命新任监督和他的如夫人双双对他叩头成礼。

留日学生得知此事，愤慨说："他倒便宜，既得美缺，又得美妾，该给他点儿颜色看看。"他们开会策划，定下办法，分头执行。他们每组二人，共三组。第一组负责买一把锋利的大剪刀。第二组买一枝长竹竿，以便把新任监督的辫子系在竹竿顶上。第三组负责在天亮之前，把系着辫子的竹竿竖立在官邸大门前。

这三组学生当夜要混入官邸，想必事先贿赂了官邸的管事人员。这件事最关键的是剪辫子。剪辫子由张继动手。我当时年幼，只记得张继一人的名字。别的名字都不知道了。这群学生一到日本，就改穿西装和皮鞋了。剪辫子的一组，先在新任监督卧房外脱了皮鞋，悄悄掩入卧室。新婚的一对新人香梦正浓，张继的同伴揪出长官的辫子，张继手拿锋利的大剪刀，一下子把辫子剪下。两人拿了辫子，赶紧溜出卧室，准备把剪辫子的剪刀及早藏在没人能找到的地方。张继的同伴却很好奇，要回卧室再看一眼。他们不及脱鞋，就穿了皮鞋大模大样地在寝室门外再看一眼，只见这位总督大人正照着镜子哭呢！如夫人在旁安慰。辫子立即交给第二组，又转交第三组。天蒙蒙亮的时候，新任监督的辫子已竖立在官邸大门前了。当然也立即被官邸的办事人员拔掉了。

这件事，日本人会一无所知吗？但他们一定不便公布。而留日学生竟敢对管束他们的监督如此无理，满清政府必不会轻饶。

中国社会科学院近代史所说，我父亲一九〇二年回无锡创立了励志社。我认为这事不可能。因为我父亲是一九〇二年卒业的，怎么在卒业前夕回国。近代史所说，他们有确切的证据，没有错。我至今不知他们有什么确切的证据。这是国家大事，无论在日本或国内，必有可查的档案。我记得是幼年在家里听到的故事，没有资格要求调查档案。但愿有关方面还是查究一番。当时闹事的学生一定受到满清政府的惩罚，不参加的学生也不会豁免。那群留日学生很可能都被召回国内受训斥，我父亲或是回国以后无事可做，就创立了“无锡励志社”。

二〇〇九年二月

锺书习字

钱锺书每日习字一纸，不问何人何体，皆摹仿神速。我曾请教锺书如何执笔？锺书细思一过曰："尔不问，我尚能写字，经尔此问，我并写字亦不能矣。"予笑谓锺书如笑话中之百脚。有人问，尔有百脚，爬行时先用左脚抑先用右脚？百脚对曰，尔不问，我行动自如。经尔此问，我并爬行亦不能矣。

锺书曾责我曰："尔聪明灵活，何作字乃若此之笨滞？"予曰："字如其人，我固笨实之徒也。我学'兰亭'应圆，而我作字却方，学褚遂良应方，而我作字却圆，我固笨滞之徒也。常言曰：'十个指头有长短'，习字乃我短中之短，我亦无可奈何也。"

我抄《槐聚诗存》，笔笔呆滞，但求划平竖直而已。设锺书早知执笔之法，而有我之寿，其自写之《诗存》可成名家法帖，我不禁自叹而重为锺书惜也。

原载二〇一三年七月十七日《文汇报·笔会》，收入本书时文字略有改动

忆孩时（五则）

回忆我的母亲

我曾写过《回忆我的父亲》、《回忆我的姑母》，我很奇怪，怎么没写《回忆我的母亲》呢？大概因为接触较少。小时候妈妈难得有工夫照顾我。而且我总觉得，妈妈只疼大弟弟，不喜欢我，我脾气不好。女佣们都说："四小姐最难伺候。"其实她们也有几分欺我。我的要求不高，我爱整齐，喜欢裤脚扎得整整齐齐，她们就是不依我。

我妈妈忠厚老实，绝不敏捷。如果受了欺侮，她往往并不感觉，事后才明白，"哦，她（或他）在笑我"，或"哦，他（或她）在骂我"。但是她从不计较，不久都忘了。她心胸宽大，不念旧恶，所以能和任何人都和好相处，一辈子没一个冤家。

妈妈并不笨，该说她很聪明。她出身富商家，家里也请女先生教读书。她不但新旧小说都能看，还擅长女工。我出生那年，爸爸为她买了一台胜家名牌的缝衣机。她买了衣料自己裁，自己缝，在缝衣机上缝，一忽儿就做出一套衣裤。妈妈缝纫之余，常爱看看小说，旧小说如《缀白裘》，她看得吃吃地笑。看新小说也能领会各作家的风格，例如看了苏梅的《棘心》，又读她的《绿天》，就对我说："她怎么学着苏雪林的《绿天》的调儿呀?"我说："苏梅就是苏雪林啊!"她看了冰心的作品后说，她是名牌女作家，但不如谁谁谁。我觉得都恰当。

妈妈每晚记账，有时记不起这笔钱怎么花的，爸爸就夺过笔来，写"糊涂账"，不许她多费心思了。但据爸爸说，妈妈每月寄无锡大家庭的家用，一辈子没错过一天。这是很不容易的，因为她是个忙人，每天当家过日子就够忙的。我家因爸爸的工作没固定的地方，常常调动，从上海调苏州，苏州调杭州，杭州调回北京，北京又调回上海。

我爸爸厌于这类工作，改行做律师了。做律师要有个事务所，就买下了一所破旧的大房子。妈妈当然更忙了。接下来日寇侵华，妈妈随爸爸避居乡间，妈妈得了恶疾，一病不起，我们的妈妈从此没有了。

我想念妈妈，忽想到怎么我没写一篇《回忆我的母亲》啊？

我早已无父无母，姊妹兄弟也都没有了，独在灯下，写完这篇《回忆》，还痴痴地回忆又回忆。

三姊姊是我 “人生的启蒙老师”

我三姐姐大我五岁，许多起码的常识都是三姐讲给我听的。

三姐姐一天告诉我：“有一桩可怕极了，可怕极了的事，你知道吗？”她接着说，每一个人都得死；死，你知道吗？我当然不知道，听了很害怕。三姐姐安慰我说，一个人要老了才死呢！

我忙问，“爸爸妈妈老了吗？”

三姐说：“还远没老呢。”

我就放下心，把三姊的话全忘了。

三姐姐又告诉我一件事，她说：“你老希望早上能躺着不起床，我一个同学的妈妈就是成天躺在床上的，可是并不舒服，很难受，她在生病。”从此我不羡慕躺着不起来的人了，躺着不起来的是病人啊。

老、病、死，我算是粗粗地都懂了。

人生四苦："生老病死"。老、病、死，姐姐都算懂一点了，可是"生"有什么可怕呢？这个问题可大了，我曾请教了哲学家、佛学家。众说不一，我至今该说我还没懂呢。

太先生

我最早的记忆是爸爸从我妈妈身边抢往客厅，爸爸在我旁边说，我带你到客厅去见个客人，你对他行个鞠躬礼，叫一声"太先生"。

我那时大约四五岁，爸爸把我放下地，还搀着我的小手呢，我就对客人行了个鞠躬礼，叫了声"太先生"。我记得客厅里还坐着个人，现在想来，这人准是爸爸的族叔（我称叔公）杨景苏，号志洵，是胡适的老师。胡适说："自从认了这位老师，才开始用功读书。"景苏叔公与爸爸经常在一起，他们是朋友又是一家人。

我现在睡前常翻翻旧书，有兴趣的就读读。我翻看孟森著作的《明清史论著集刊》上下册，上面有锺书圈点打"√"的地方，都折着角，我把折角处细读，颇有兴趣。忽然想起这部论著的作者名孟森，不就是我小时候对他曾行鞠躬礼，称为

“太先生”的那人吗？他说的是常州话，我叔婆是常州人，所以我知道他说的是常州话，而和爸爸经常在一处的族叔杨志洵却说无锡话。我恨不能告诉锺书我曾见过这位作者，还对他行礼称“太先生”，可是我无法告诉锺书了，他已经去世了。我只好记下这件事，并且已经考证过，我没记错。

五四运动

一九一九年五四运动，现称青年节。当时我八岁，身在现场。现在想来，五四运动时身在现场的，如今只有我一人了。当时想必有许多中外记者，但现在想来，必定没有活着的了。作为一名记者，至少也得二十岁左右吧？将近一百二十岁，谁还活着呢？

闲话不说，只说说我当时身经的事。

那天上午，我照例和三姐姐合乘一辆包车到辟才胡同女师大附属小学上课。这天和往常不同，马路上有许多身穿竹布长衫、胸前右侧别一个条子的学生。我从没见过那么高大的学生。他们在马路上跑来跑去，不知在忙什么要紧事，当时我心里纳闷，却没有问我三姐姐，反正她也不会知道。

下午四点回家，街上那些大学生不让我们的包车在马路上走，给赶到阳沟对岸的泥土路上去了。

这条泥土路，晴天全是尘土，雨天全是烂泥，老百姓家的骡车都在这条路上走。旁边是跪在地下等候装货卸货的骆驼。马路两旁泥土路的车辆，一边一个流向，我们的车是逆方向，没法前进，我们姐妹就坐在车里看热闹。只见大队学生都举着小旗子，喊着口号："打倒日本帝国主义！""抵制日货！（坚持到底）""劳工神圣！""恋爱自由！"（我不识恋字，读成"变"。）一队过去，又是一队。我和姐姐坐在包车里，觉得没什么好看，好在我们的包车停在东斜家附近，我们下车走几步路就到家了，爸爸妈妈正在等我们回家呢。

张勋复辟

张勋复辟是民国六年的事。我和民国同年，六岁了，不是小孩子了，记得很清楚。

当时谣传张勋的兵专要抢劫做官人家，做官人家都逃到天津去，那天从北京到天津的火车票都买不到了。

但外国人家门口有兵看守，不得主人许可，不能入门。爸爸有个外国朋友名 Bolton（波尔登），爸爸和他通电话，告诉他目前情况，问能不能到他家去避居几天。波尔登说："快来吧，我这里已经有几批人来了。"

当时我三姑母（杨荫榆）一人在校（那时已放暑假），她心上害怕，通电话问妈妈能不能也让她到波尔登家去。妈妈就请她饭后早点来，带了我先到波尔登家去。

妈妈给我换上我最漂亮的衣裳，一件白底红花的单衫，我穿了到万牲园（现称动物园）去想哄孔雀开屏的。三伯伯（编注：即前文所说的三姑母，姑母旧亦呼伯伯）是乘了黄包车到我家的，黄包车还在大门外等着我们呢。三伯伯抱我坐在她身边。到了一个我从没到过的人家，熟门熟路地就往里走，一手搀着我。她到了一个外国人的书房里，笑着和外国人打了个招呼，就坐下和外国人说外国话，一面把我抱上一张椅子，就不管我了。那外国人有一部大菱角胡子，能说一口地道的中国话。他说："小姑娘今晚不回家了，住在我家了。"我不知是真是假，心上很害怕，而且我个儿小，坐椅子上两脚不能着地，很不舒服。

好不容易等到黄昏时分，看见爸爸妈妈都来了，他们带着装满箱子的几辆黄包车，藏明（我家的老佣人）抱着他宝贝的七妹妹，藏妈（藏明的妻子）抱着她带的大弟宝昌，三姐姐搀着小弟弟保俶（他的奶妈没有留下，早已辞退），好大一家人都来了。这时三伯伯却不见了，跟着爸爸妈妈等许多人都跑到后面不知哪里去了，我一人站在过道里，吓得想哭又不敢哭。等了好一会，才看见三姐姐和我家的小厮阿袁来了（“小厮”就是小当差的，现在没什么“小厮”了）。三姐姐带我到一个小院子里，指点着说：“咱们住在这里。”

我看见一个中国女人在那儿的院子里洗脸，她把洗脸布打湿了把眉毛左右一分。我觉得很有道理，以后洗脸也要学她了。三姐姐把我衣角牵牵，我就跟她走进一间小小的客厅，三姐姐说：“你也这么大了，怎么这样不懂规矩，光着眼睛看人，好意思吗？”我心里想，这种女人我知道，上不上，下不下，是那种“搭脚阿妈”，北京人所谓“上炕的老妈子”，但是三姐姐说的也不错，我没为自己分辩。

那间小客厅里面搭着一张床，床很狭，容不下两个人，我就睡在炕几上，我个儿小，炕几上睡正合适。

至于那小厮阿袁呢，他当然不能和我们睡在同一间屋里。他只好睡在走廊栏杆的木板上，木板上躺着很不舒服，动一动就会滚下来。

阿袁睡了两夜，实在受不了。而且伙食愈来愈少，大家都吃不饱。阿袁对三姐说，“咱们睡在这里，太苦了，何必呢？咱们回家去多好啊，我虽然不会做菜，烙一张饼也会，咱们还是回家吧。”

三姐和我都同意，回到家里，换上家常衣服，睡在自己屋里，多舒服啊！

阿袁一人睡在大炕上，空落落的大房子，只他一人睡个大炕，他害怕得不得了。他打算带几张烙饼，重回外国人家。

忽然听见噼噼啪啪的枪声，阿袁说，“不好了，张勋的兵来了，还回到外国人家去吧。”我们姊妹就跟着阿袁逃，三人都哈着腰，免得中了流弹。逃了一半，觉得四无人声，站了一会，我们就又回家了。爸爸妈妈也回家了，他们回家前，问外国人家我们姊妹哪儿去了。外国人家说，他们早已回家了。但是爸爸妈妈得知我们在张勋的兵开枪时，正在街上跑，那是最危险的时刻呀，我们姊妹正都跟着阿袁在街上跑呢，爸爸很生气。阿袁为了老爷教他读书识字，很苦恼，很高兴地离了我们家。

原载二〇一三年十月十五日《文汇报·笔会》

第二部分　杂论

记我的翻译

我在清华做研究生时，叶公超先生请我到他家去吃饭。他托赵萝蕤来邀请，并请赵萝蕤作陪。我猜想：叶先生是要认认钱锺书的未婚妻吧？我就跟着赵萝蕤同到叶家。

叶先生很会招待。一餐饭后，我和叶先生不陌生了。

下一次再见到叶先生时，他拿了一册英文刊物。指出一篇，叫我翻译，说是《新月》要这篇译稿。我心想：叶先生是要考考钱锺书的未婚妻吧？我就接下了。

我从未学过翻译。我虽然大学专攻政治学，却对政论毫无兴趣。叶先生要我翻译的是一篇很晦涩、很沉闷的政论：《共产主义是不可避免的吗?》我读懂也不容易，更不知怎么翻译。我七翻八翻，总算翻过来了。我把译稿交给叶先生，只算勉强交卷。叶先生看过后说“很好”，没过多久就在《新月》

上刊登了。

这是我生平第一次翻译。

译文肯定很糟，原文的内容我已忘得一干二净。“文化大革命”中，我交代“罪行”，记起了这篇翻译。单凭题目就可断定是反动的。所以我趁早自动交代；三十多年前的译文，交代了也就没事了。

抗战胜利后，储安平要我在他办的《观察》上写文章。我正在阅读哥尔德斯密斯（Oliver Goldsmith，一七三〇—一七七四）的散文《世界公民》，随便翻译了其中一小段。我把 Beaou Tibbs 译作“铁大少”，自己加个题目：《随铁大少回家》。这就是博得傅雷称赏的译文。我未留底稿，译文无处可寻了。

锺书大概觉得我还能翻译，就让我翻译一个小册子：《一九三九年以来英国散文作品》（《英国文化丛书》之一）。我很拘谨，因为还从未翻过书（小册子可算是书），结果翻得很死。小册子里介绍的许多新书，包括传记、批评、历史、政治、宗教、哲学、考据等，我都没读过。翻译书题最易出错。所以我经常向我们的一位英国朋友麦克里维（H. McAleavy）请教。例如《魔鬼通信》（*The Screwtape Letters*）就是由他讲解内容而译出的。他和锺书都是这部丛书的编委。这个小册子由商务印书馆发行。出版后，锺书为我加了一个详尽的注，说明Screwtape乃写信魔鬼之名，收信魔鬼名Wormwood，皆地府大魔鬼之“特务”。这条注解只留在我仅存的本子上，因为小册子未再版。

我到清华后，偶阅英译《小癞子》，很喜欢。我就认真地翻译了这册篇幅不大的西班牙经典之作。后来我得到了法文和西班牙文对照的法译本，我又从法译本重译一遍。我译完《堂吉诃德》，又从西班牙原文再译一遍。小癞子偷吃的香肠，英、法译本皆译为“黑香肠”，读了西班牙原文，才改正为“倒霉的香肠”。我由此知道：从原文翻译，少绕一个弯，不仅容易，也免了不必要的错误。

抗日战争胜利后，全国解放之前，我们的女儿得了指骨节结核症，当时还没有对症的药。医嘱补养休息，尽量减少体力消耗。我们就哄女儿只在大床上玩，不下床。

锺书的工作很忙，但他每天抽空为女儿讲故事。他拿了一本法文小说《吉尔·布拉斯》，对着书和她讲书上的故事。女儿乖乖地听爸爸讲，听得直咽口水。

我业余还兼管全部家务，也很忙，看到锺书讲得眉飞色舞，女儿听得直咽口水，深恨没有工夫旁听。我记起狄更斯《大卫·科波菲尔》里曾提到这本书，料想是一本非常有趣的书。

锺书讲了一程，实在没工夫讲，就此停下了。女儿是个乖孩子，并不吵闹着要求爸爸讲故事，只把这本书珍惜地放在床头，寄予无限的期待与希望。

我译完《小癞子》，怕荒疏了法文，就决心翻译《吉尔·布拉斯》。我并未从头到尾读一遍，开头读就着手翻译。

我的翻译原是私下里干的，没想到文学所成立会上，领导同志问我正在干什么，我老实说正在翻译《吉尔·布拉斯》。我的“私货”就出了宫。

我应该研究英国文学，却在翻译法文小说，而研究所的任务不是翻译。我很心虚，加把劲将这部长达四十七万字的小说赶快译完。一九五四年一月起，在《世界文学》分期发表，还受到主编陈冰夷同志的表扬。但是我自己觉得翻译得很糟，从头译到尾，没有译到能叫读者流口水的段落。

我求锺书为我校对一遍。他答应了。他拿了一枝铅笔，使劲在我稿纸上打杠子。我急得求他轻点轻点，划破了纸我得重抄。他不理，他成了名副其实的“校仇”，把我的稿子划得满纸杠子。他只说：“我不懂。”我说：“书上这样说的。”他强调说：“我不懂。”这就是说，我没把原文译过来。

我领悟了他的意思，又再译。他看了几页改稿，点头了，我也摸索到了一个较高的翻译水准。我的全部稿子，一九五五年才交出版社。

人民文学出版社的法文责编是赵少侯。一般译者和责编往往因提意见而闹别扭，我和赵少侯却成了朋友。因为他的修改未必可取，可是读来不顺，必有问题，得再酌改。《吉尔·布拉斯》是一九五六年一月出版的。一九六二年我又重新校订修改一次。我现在看了还恨不得再加修改。译本里有好多有关哲学和文艺理论的注是锺书帮我做的。很好的注，不知读者是否注意到。

多年后，我的女儿对我说："妈妈，你的《吉尔·布拉斯》我读过了，和爸爸讲的完全不一样。"原来锺书讲的故事，全是他随题创造，即兴发挥的。假如我把这部小说先读过一遍，未必选中这本书来翻译。这部小说写世态人情，能刻画入微；故事曲折惊险，也获得部分读者的喜爱。但不是我最欣赏的作品。

这部翻译曾获得好评，并给我招来了另一项翻译任务。"外国古典文学名著丛书编委会"要我重译《堂吉诃德》。这是我很想翻译的书。

我在着手翻译《堂吉诃德》之前，写了一篇研究菲尔丁（Fielding）的论文。我想自出心裁，不写“八股”，结果挨了好一顿“批”。从此，我自知脑筋陈旧，新八股学不来；而我的翻译还能得到许可。翻译附带研究，恰合当时需要，所以我的同事中，翻译兼研究的不止我一个。

我接受的任务是重译《堂吉诃德》，不论从英译本或法译本转译都可以。我从手边能找到的译本中，挑了两个最好的法译本：一是咖达雅（Xavier de Cardaillac）和拉巴德（Jean Labarthe）合译的第一部；拉巴德去世后，咖达雅独译的第二部；二是维亚铎（Louis Viardot）的译本。我又挑了三种英译本：一是奥姆斯贝（John Ormsby）的译本；二是普德门（Samuel Putman）的译本；三是寇恩（J. M. Cohen）的译本。

我把五个本子对比着读，惊奇地发现：这许多译者讲同一个故事，说法不同，口气不同，有时对原文还会有相反的解释。谁最可信呢？我要忠于原作，只可以直接从原作翻译。《堂吉诃德》是我一心想翻译的书，我得尽心尽力。

那时候全国都在“大跃进”，研究工作都停顿了。我下决心偷空自学西班牙语，从原文翻译。

我从农村改造回京，就买了一册西班牙语入门（*Primeras*

Lecciones de Español，系 C. Marcial Dorado 和 Maria de Laguna 合著)，于一九六〇年三月二十九日读毕；又买了一部西班牙文的《堂吉诃德》备翻译之用。每天规定一个时间习西班牙文。背生字、做习题，一天不得间断，因为学习语言，不进则退。

我是正研级的研究员，我的任务是研究工作，学西班牙语只能偷工夫自习。我也没有老师。我依靠好的工具书，依靠阅读浅易的西班牙文书籍，渐渐地，我不仅能阅读《堂吉诃德》原文，也能读通编注者注解，自信从原文翻译可以胜任。

我问锺书："我读西班牙文，口音不准，也不会说，我能翻译西班牙文吗?"他说："翻译咱们中国经典的译者，能说中国话吗?"

他的话安了我的心。会说西班牙语，未必能翻译西班牙文。我不是口译者，我是文学作品的译者。我就动笔翻译，并把《堂吉诃德》作为我的研究项目，阅读各图书馆一切有关作者塞万提斯的书籍，也读了他的其他作品。

我买到的《堂吉诃德》原文，上下集共八册。一九六六年"文化大革命"，我翻到第七册的半中间，我的译稿被红卫兵没收了，直到一九七〇年六月才发还。但这几年间，我没有荒疏西班牙文。

稿子发还后我觉得好像是一口气断了，接续不下，又从头译起。一九七六年底全稿译毕。当时是十年浩劫之后，人民文学出版社里“掺沙子”，来了一批什么也不懂的小青年。他们接过我亲手交上的译稿，只惊奇地问我是否译者。《堂吉诃德》未经西语编辑审阅，只我自己校了四遍清样，于一九七八年三月出版。

九年后我又校订一次。我怕我所根据的版本已经陈旧，找了几个新版本，做了一番校勘工作，发现我原先的版本还是最好的版本。至于我的翻译，终觉不够好。最近我又略加修改，但我已年老，只寄希望于后来的译者了。

我曾翻译过哥尔斯密斯的喜剧 *She Stoops to Conquer*（副题《一夜间的错误》），我把正副二题合一，译作《将错就错》。我没有少费工夫，而且翻了两次。但是要把英国喜剧化作中国喜剧，我做不到。风土人情不同，“笑”消失了；“笑”是最不能勉强的。我横横心把两份稿子都撕了。我原想选译英国皇室复辟时期三个有名的风俗喜剧，就此作罢。

我的遗憾是没有翻译英文小说，而英文是我的第一外国语。可是我不能选择。凡是我所喜爱的英国小说，都已有中文译本，我只好翻狄更斯（Charles Dickens）的《董贝父子》（*Dombey and Son*）。我爱读狄更斯，但对这一部小说并不很喜爱。而我翻译西班牙文时，查字典伤了目力，眼里出现飞蚊。我就把刚开了一个头的《董贝父子》托给所内的“年轻人”薛鸿时君，请他接手。

锺书去世后，我从英文本转译了一篇柏拉图的对话录《斐多》，但原文不是英文，也不是文艺作品。

二〇〇二年十月七日

翻译的技巧

一九八六年，我写过一篇《失败的经验——试谈翻译》，记不起在什么刊物上发表过。文章未引起任何反应，我想是不值一看，打算削弃。锺书说：文章没有空论，却有实用，劝我保留。这篇文章就收入我的《作品集》了。如今重读旧文，觉得我没把意思表达清楚，所举例句，也未注明原文出处，所以我稍加修改，并换了题目。

我对自己的翻译，总觉未臻完善。所以我翻译的作品虽然不多，失败的经验却不少。由失败的经验试谈翻译，就是从经验中摸索怎样可以更臻完善。我就把原题改为《翻译的技巧》。

我暂且撇开理论——理论只在下文所谈的经验里逐渐体现。反正一切翻译理论的指导思想，无非把原作换一种文字，照模照样地表达。原文说什么，译文就说什么；原文怎么说，译文也怎么说。这是翻译家一致承认的。至于如何贯彻这个指导思想，却没有现成的规律；具体问题只能各别解决。因此谈翻译离不开实例。可是原作的语种不同，不免限止了对这个问题的共同认识；而实例又东鳞西爪，很难组织成为系统。我试图不引原文而用半成品为例，并尽量把问题组成系统。

谈失败的经验，不免强调翻译的困难。至少，这是一项苦差，因为一切得听从主人，不能自作主张。而且一仆二主，同时伺候着两个主人：一是原著，二是译文的读者。译者一方面得彻底了解原著；不仅了解字句的意义，还须领会字句之间的含蕴，字句之外的语气声调。另一方面，译文的读者要求从译文里领略原文。译者得用读者的语言，把原作的内容按原样表达；内容不可有所增删，语气声调也不可走样。原文的弦外之音，只从弦上传出；含蕴未吐的意思，也只附着在字句上。译者只能在译文的字句上用功夫表达，不能插入自己的解释或擅用自己的说法。译者须对原著彻底了解，方才能够贴合着原文，照模照样地向读者表达。可是尽管了解彻底，未必就能照样表达。彻底了解不易，贴合着原著照模照样地表达更难。

我的经验只限于把英文、法文、西班牙文的原著译成汉语。西方语法和汉语语法大不相同。如果把欧洲同一语系的语言从这一种译成那一种，就是堂吉诃德所谓“好比誊录或抄写”[①]；如要翻成汉语就不那么现成了。略有经验的译者都会感到西方语言和汉语行文顺逆不同，晋代释道安翻译佛经时所谓“胡语尽倒”。要把西方语文翻成通顺的汉语，就得翻个大跟斗才颠倒得过来。我仿照现在常用的“难度”、“甜度”等说法，试用个“翻译度”的辞儿来解释问题。同一语系之间的“翻译度”不大，移过点儿就到家了，恰是名副其实的“迻译”。汉语和西方语言之间的“翻译度”很大。如果“翻译度”不足，文句就仿佛翻跟斗没有翻成而栽倒在地，或是两脚朝天，或是蹩了脚、拐了腿，站不平稳。

翻跟斗只是比喻。而且翻跟斗是个快动作——翻译也是快动作：读懂原文，想一想，就翻出来。要讲明怎么翻，得用实际的语言，从慢镜头下一一解释。

“胡语尽倒”的“倒”，并不指全文语言颠倒。汉语和西方语言同样是从第一句开始，一句接一句，一段接一段，直到结尾；不同主要在句子内部的结构。西方语言多复句，可以很

① 见《堂吉诃德》下册第448页，人民文学出版社一九七九年版。

长；汉文多单句，往往很短。即使原文是简短的单句，译文也不能死挨着原文一字字的次序来翻，这已是常识了。所以翻译得把原文的句子作为单位，一句挨一句翻。

翻译包括以下几道工序。

一　以句为单位，译妥每一句

我翻译总挨着原文的一句一句翻，但原文一句，不一定是译文的一句。原文冗长的复句，可以包含主句、分句、形容词组、副词组等等。按汉文语法，一个句子里容纳不下许多分句和词组。如果必定要按原著一句还它一句，就达不出原文的意义；所以断句是免不了的。可是如果断句不当，或断成的一句句排列次序不当，译文还是达不出原文的意义。怎样断句，怎么组合（即排列）断成的一句句，没有一定的规律，不过还是有个方法，也有个原则。

方法是分清这一句里的主句、分句以及各种词组；并认明以上各部分的从属关系。在这个基础上，把原句断成几句，重新组合。不论原句多么曲折繁复，读懂了，总分得清。好比九连环，一环扣一环，可是能套上就能解开。

原则是突出主句，并衬托出各部分之间的从属关系。主句没有固定的位置，可在前，可在后，可在中间，甚至也可切断。从属的各分句、各词组都要安放在合适的位置，使这一组重新组合的断句，读起来和原文的那一句是同一个意思，也是同样的说法。在组合这些断句的工序里，不能有所遗漏，也不能增添。好比拼七巧板，原是正方形，可改成长方形，但重拼时不能减少一块或增添一块板。

试举例说明。我采用冗长的复句为例，因为翻译这类句子，如果不断句，或断句后排列不当，造成的不信不达较为明显，便于说明问题。

这个例句①，包含 A、B 两分句。去掉了枝枝叶叶的形容词组和副词组，A 句的主句是“我大着胆子跑出来”。B 句带着一个有因果关系的分句：“可是我的命运注定，当时我的头脑特别清醒（主句）；所以我不愿向冤家报复，而要在自己身上泄愤（分句）。”

我分别用三种表达方式：

（一）最接近原文的死译，标点都按照原文（但每个词组

---

① 原句摘自《堂吉诃德》第一部第 27 章，马林（Francisco Rodriguez Marín）编注本第六版（下简称“马林本”）第三册 37－38 页。

的内部不是死译，否则，全句读来会不知所云）。

（二）断成几句，并颠倒了次序。

（三）因意义欠醒豁，再度排列断句的次序。

我把三种译文并列，便于比较。第（三）种译文未必完善，只是比第（二）种对原文更信，也更能表达原意。

A句

（一）	（二）	（三）
我在看到全家人一片混乱时，我大胆跑出来，不顾被人看见与否，我带着决心如果被人看见，我就大干一场，叫全世界都了解我胸中理直义正的愤怒，在对奸诈的堂费南铎的惩罚中，甚至对那尚未苏醒的水性女人。	我瞧他们家一片混乱，就大着胆子跑了出来，不管人家看见不看见。我打定主意，如果给人看见，就大干一场，惩罚奸诈的堂费南铎、甚至那昏迷未醒的水性女人，让人人知道我怀着理直义正的愤怒。	我瞧他们家一片混乱，就大着胆子跑出来，不管人家看见不看见。我打定主意，如果给人看见，就大干一场，惩罚奸诈的堂费南铎，也不饶那昏迷未醒的水性女人，让人人知道我满怀气愤是合乎公道正义的。

从以上三种译文里，可看出如下几点。

原文不断句，是瘫痪的句子，不对照原文就读不通。复句里的主句、分句和各个词组，正如单句里的单字一样，翻译时不能不重作安排，也不能照用原来的标点。

长句断成的短句，重作安排时如组合不当，原句的意思就不够醒豁。译文（二）的一组句子，读上来各句都还通顺，可是有几句散漫无着。全组的句子没有突出原文的主句，也没有显出各句之间的从属关系，因此原句的意思不醒豁。

B句

（一）	（二）	（三）
可是我的命运，为了更大的坏运，假如可能还有更坏的，准保留着我，注定在那个时候我往后昏迷的头脑特别清醒；所以，我不愿对我的两大冤家报复（这，因为他们绝没有想到我，是容易办到的），我要用自己的手，把他们应受的惩罚加在自己身上，甚至比对待他们的还厉害，如果那时候杀了他们，因为突然一死痛苦马上就完了；可是延长的痛苦用折磨连续地杀，不能完结性命。	可是命运准是保留着我去承当更倒霉的事呢——假如还会有更倒霉的事。命里注定我往后昏迷不清的头脑，那时候格外清醒。我当时如果向自己的两大冤家报仇，很容易做到，因为他们心上绝没有想到我这个人。可是我不想这么办。我只想对自己泄愤，把他们该受的痛苦加在自己身上。我即使当场杀了他们，也不如我对待自己的那么严酷。因为突然的痛苦，一下子就完了，而长期的折磨，好比经常受杀戮之痛而不能绝命。	可是命运准保留着我去承当更倒霉的事呢——假如还会有更倒霉的事。命里注定我往后昏迷不清的头脑，那时候格外清醒。我不愿向我的两大冤家发泄怨愤，只想惩罚自己，把他们应得的痛苦亲手施加在自己身上，甚至比对待他们还要残酷。我当时如果向他们俩报复，很容易办到，因为他们心上绝没有想到我这个人。可是我即使当场杀了他们，突然一死的痛苦是一下子就完的，而我糟蹋自己，却是缓慢的长期自杀，比马上送命更加痛苦。

译文（三）重作安排后，较译文（二）更忠实于原意，语气也更顺畅。短句内部没什么变动，变动只在各短句的部位。

可见最大的困难不在断句，而在重新组合这些切断后的短句。译者总对照着原文翻，不免受到原文顺序的影响；这是不由自主的。原句愈是冗长曲折，译者愈得把原句读了又读，把那句子融会于心。原句的顺序（外国句法的顺序）也就停滞在头脑里了。从慢镜头下来看，就是分解了主句、分句、各式词组之后，重新组合的时候，译者还受原句顺序的束缚。这就需要一个“冷却”的过程，摆脱这个顺序。孟德斯鸠论翻译拉丁文的困难时说：“先得精通拉丁文，然后把拉丁文忘掉。”①“把拉丁文忘掉”，就是我说的“冷却”。经过“冷却”，再读译文，就容易看出不妥的地方；再对照原文，就能发现问题，予以改正。

我曾见译者因为把握不稳，怕冒风险，以为离原文愈近愈安全——也就是说，“翻译度”愈小愈妥；即使译文不通畅，至少是“信”的。可是达不出原意的译文，说不上信。“死译”、“硬译”、“直译”大约都是认为“翻译度”愈小愈妥的表现。从上面所举的例句，可以看出，“翻译度”愈小，就是说，在文字上贴得愈近，那么，在意思的表达上就离得愈远。原意不达，就是不信。畅达的译文未必信，辞不达意的译文必

① 原文见《管锥编》第三册第1101页注①。

定不信。我相信这也是翻译的常识了。

这里不妨提一下翻译界所谓“意译”。我不大了解什么叫“意译”。如果译者把原著的意思用自己的话来说，那不是翻译，是解释，是译意。我认为翻译者没有这点自由。德国翻译理论家考厄（P. Cauer）所谓“尽可能的忠实，必不可少的自由”①，只适用于译者对自己的两个主人不能兼顾的时候。这点不忠实和自由，只好比走钢丝的时候，容许运用技巧不左右倾跌的自由。

上文曾以拼七巧板为喻，说不该加一块板或减一块板。这话需稍加说明。这不过是说：不可任意增删原文，但不是死死的一字还它一字。比如原句一个主词可以领一串分句，断句后就得增添主词。原句的介词、冠词、连接词等等，按汉文语法如果可省，就不必照用。不过译者不能回避自己不了解的字句，或苦于说不明白，就略过不译；也不能因为重组原句的时候，有些部分找不到合适的位置，就干脆简掉。一方面，也不能因为表达不清楚，插入自己的解释。上面例句里的“我”字译为“我这个人”，因为原意正是指“我这个人”，并没有

① 原文见《管锥编》第三册第1101页注①。

外加新意而“加一块七巧板”。这种地方，译者得灵活掌握。

有时汉文句子言简意赅，也有时西方的文句简约而含意多。试举一比较句为例。

原句是充满感情的一句对话。主句是“你为什么不去把那个忠实的朋友叫来呀？”分句是“［他是］太阳所照见的、黑夜所包藏的朋友中最忠实的朋友。”[1]（这句话是反话，“忠实”指不忠实。）我仍然并列三种译文。

（一）	（二）	（三）
“……你为什么不去召唤那个最忠实的朋友在朋友中太阳所看见的，或黑夜所遮盖的？……”	“……你为什么不去把白日所见、黑夜所藏的最忠实的朋友叫来呀？……”	“……你为什么不去把那位忠实的朋友叫来呀？比他更忠实的朋友，太阳没照见过，黑夜也没包藏过！……”

译文（一）不可解。译文（二）是一种没有人说的汉语，而且没有达出原文所含比较的意思。比较总有两层含意，一层比一层深。原句用比较的联系代词，汉文语法里没有。对话也不宜长。译文（三）把复句分断为单句，并达出比较的意思，并没有擅自“增添一块七巧板”。

---

① 原句摘自《堂吉诃德》第一部第34章，马林本第三册第242页。

再举一比较句为例。①

原句有两层意思。一，“杜尔西内娅受到您的称赞就更幸福、更有名。”二，“别人的称赞都不如您的称赞。”我仍并列三种译文。

（一）	（二）	（三）
杜尔西内娅在这个世界上会更幸福更有名因为曾受到您的称赞比了世界上最雄辩者所能给她的一切称赞。	您对杜尔西内娅的称赞、盖过了旁人对她的称赞，能为她造福扬名。	杜尔西内娅有您称赞，就增添了幸福和名望；别人怎么样儿极口赞誉，也抵不过您这几句话的分量。

译文（一）是“翻译度”最小的，不达意。译文（二）读来好像缺少些什么，译文“缺了一块七巧板”。（三）补足了那点短缺。

我免得啰嗦，举一可以反三，否则多举也没用。

二　把原文的一句句连缀成章

译文是按原文一句挨一句翻的，成章好像算不上一道工序。因为原句分断后，这组短句在翻译的过程里，已经力求上

① 原句摘自《堂吉诃德》第二部第44章，马林本第七册第131页。

下连贯，前后呼应，并传出原句的语气声调。可是句内各部分的次序已有颠倒，译者连缀成章的不是原文的一句句，而是原文句子里或前或后或中间的部分。因此连缀成章不仅要注意重新组合的短句是否连贯，还需注意上一段和下一段是否连贯，每一主句的意义是否明显等等。尤需注意的是原文第一句里的短句，不能混入原文第二句；原文第二句内的短句，不能混入原文第一句。原文的每一句是一个单位，和上句下句严格圈断，因为邻近的短句如果相混，会走失原文的语气和语意。通读全部译文时，必需对照原文。如果文理不顺，只能在原文每一句的内部作文字上的调整和妥洽。

我曾见出版社因译文不通顺而请不懂原文的人修润译稿，结果译文通顺了，但和原文不拍合了。

三　洗练全文

把译成的句子连起来，即使句句通顺，有时也难免重叠呆滞的毛病。如果原文并不重叠呆滞，那就是连缀笨拙的缘故了。西文语法和汉文语法繁简各有不同。例如西文常用关系代词，汉文不用关系代词，但另有方法免去代词。西文语法，常用“因为”、“所以”来表达因果关系。汉文只需把句子一倒，因果关系就很分明。试举一短例。这句话的上文是“他们都到某处去了”。我并列两种译文。

（一）	（二）
他们都到伦敦去了；我没有和他们同到那里去，因为我头晕。	他们都到伦敦去了；我头晕，没去。

译文（一）和（二）是同样的话。从这个例子可说明两件事：

1. 颠倒一下次序，因果关系就很明显。

2. 上文已经说过的话，下文不必重复，除非原文着意重复。

至于怎样把每个短句都安放在合适的位置，避免重复啰嗦，那就全看译者的表达能力了。所以我只举一短句为例，不另举长篇。

简掉可简的字，就是唐代刘知几《史通》、《外篇》所谓“点烦”。芟芜去杂，可减掉大批“废字”，把译文洗练得明快流畅。这是一道很细致、也很艰巨的工序。一方面得设法把一句话提炼得简洁而贴切；一方面得留神不删掉不可省的字。在这道工序里得注意两件事。（一）“点烦”的过程里不免又颠倒些短句。属于原文上一句的部分，和属于原文下一句的部分，不能颠倒，也不能连结为一句，因为这样容易走失原文的语气。（二）不能因为追求译文的利索而忽略原文的风格。如果去掉的字过多，读来会觉得迫促，失去原文的从容和缓。如果可省的字保留过多，又会影响原文的明快。这都需译者掌握得宜。我自己就掌握不稳，往往一下子去掉了过多的字，到再版的时候又斟酌添补。

四　选择最适当的字

翻译同一语系的文字，常有危险误用字面相同而意义不同的字，所谓“靠不住的朋友”（Les faux amis）。英国某首相夫人告诉一位法国朋友：“我丈夫带了好多文件开内阁会议去了。”可是她的法文却说成：“我丈夫带了好多手纸上厕所去了。”英文和法文的“小房间”（cabinet）字面相同而所指不同，是不可靠的朋友；而“纸”由上下文的联系，产生了不同的解释。在西文文字和汉文之间没有这种危险。

可是同一语系的文字相近，找到对当的字比较容易。汉语和西方语系的文字相去很远，而汉文的词汇又非常丰富，如果译者不能掌握，那些文字只陌生生地躲在远处，不听使唤。译者虽然了解原文的意义，表达原意所需要的文字不能招之即来，就格格不吐，说不成话。英汉、法汉、西汉语等字典里的汉语诠译，当然可以帮忙，不过上下文不同，用字也就不同，有时字典上的字也并不适用。所以译者需储有大量词汇：通俗的、典雅的、说理的、叙述的、形容的等等，供他随意运用。译者如果词汇贫乏，即使精通西方语文，也不能把原文的意思，如原作那样表达出来。

选字有许多特殊的困难。

一个概念的名字概括许多意思，而一般人对这个概念并没有明确的认识。为一个概念定名就很困难，严复《天演论》译例所谓“一名之立，旬月踟蹰”。便是定下名目，附上原文，往往还需加注说明。

没有等同事物的字，三国时释支谦翻译佛经时所谓“名物不同”，压根儿无法翻译。有的译者采用音译，附上原文，加注说明。这就等于不翻译，只加注解释。有的采用相似的字而加注说明。

双关语很难音义兼顾。便是挖空心思，也只靠偶然巧合，还不免带几分勉强。一般只能顾全更重要的一头。

翻专门术语，需了解那门专业所指的意思，不能按字面敷衍，尽管翻译的不是讲那门专业的著作而只在小说里偶尔提到。

有特殊解释的字，只能参考各专家的注释。

以上所举的种种特殊困难，各有特殊的解决法；译者最不易调度的，却是普通文字。我词汇贫乏，恰当的字往往不能一想就来，需一再更换，才找到比较恰当的。

试举数例。我仍举三种译文。字下有点的，是需要斟酌的文字。①

（一）	（二）	（三）
……触及他的本钱就触及他的灵魂……	……动用他的本钱就刺心彻骨似的痛……	……动了他的老本儿，就动了他的命根子……

译文（一）“触及”钱并不花钱，所以不达意。

译文（二）较达意，但和原文的说法不贴。

译文（三）比（一）、（二）较信也较达。

以下例句，接着上文堂吉诃德期待着侏儒在城上吹号角等事。②

（一）	（二）	（三）
可是看到［事情］被拖延着……	可是事情却拖延着未实现……	可是迟迟不见动静……

① 例句摘自《堂吉诃德》第二部第30章第一句，马林本第六册第221页。

② 例句摘自《堂吉诃德》第一部第2章，马林本第一册第77页。

译文（一）是死译；译文（二）比较达意；译文（三）比（一）和（二）更信也更达。

以下例句说一人黑夜在荒野里。①

（一）	（二）	（三）
……四下里的沉寂，邀请我怨苦……	……四下里的沉寂，使我忍不住自悲自叹……	……四下里的沉寂，仿佛等待着听我诉苦……

译文（一）是死译，意思倒是很明显，只是用法生硬；译文（二）没把“邀请”的意思充分表达；译文（三）比较忠实也比较达意。

从以上的例句，可见很普通的字只要用得恰当，就更能贴合着原样来表达原意。这类的字，好像用这个也行，用那个也行，可是要用得恰当，往往很费推敲。

五　注释

译者少不了为本国读者做注解，原版编者的注释对译者有用，对阅读译本的读者未必同样合用。不同时代、不同地域的

① 例句摘自《堂吉诃德》第一部第27章，马林本第三册第38页。

风土习惯各有不同，译者需为本国读者着想，为他们做注。试举一例。

《小癞子》里的小癞子自称“托美思河上的小癞子”。他说只因为他是在托美思河上的磨房里出生的，所以他名正言顺地是托美思河上的小癞子。“河上”的“上”字，原文是“en”，只能译“河上”或“河中”、“河里”，不能译作“河边”。可是一个人怎能在河上或河里出生呢？除非在船上。这里就需要注解了。从前西班牙的磨房借用水力推磨，磨房浮系在水上的激流中（参看《堂吉诃德》第二部第二十九章），磨房浮在水上。

我翻译的《吉尔·布拉斯》里，有医家相争一节，我曾因为做这一个注，读了整整一小本古医书。我得明白他们相争的道理，才能用上适当的语言。

又如原文里兄弟、姊妹、叔、伯、舅、姨、婶、甥、侄等名称，不像我国各有分别，而译文里有时不便含糊，这倒不必用注解，可是也得费功夫查究分辨。读者往往看不到译者这些方面下的功夫。不过花了功夫，增添常识，也是译者的意外收获。

六　其他

现在我略谈几点肤浅的体会。

有些汉语常用的四字句如“风和日暖”、“理直气壮”等。这类词儿因为用熟了，多少带些固定性，应用的时候就得小心。因为翻译西方文字的时候，往往只有一半适用，另一半改掉又不合适，用上也不合适。例如我的译文曾用“和风朗日”，而原文只有空气，没有风，因此改为“天气晴和”。又例如我国常用语是“理直气壮”，而原文却是“理直义正”。我用了这四字又嫌生硬，改为“合乎正义公道”。

由此联想到成语的翻译。汉文和西方成语如果只有半句相似，当然不能移用；即使意义完全相同，表达的方式不同也不该移用。因为成语带有本土风味。保持不同的说法，可以保持异国情调。举例如下：

西班牙成语	汉文成语
事成事败，全看运道好坏。	谋事在人，成事在天。
吃饭需节制，晚饭尤宜少吃。	晚饭少吃口，活到九十九。
祸若单行，就算大幸。	［福无双至］祸不单行。
这一扇门关了，那一扇门又开了。	天无绝人之路。
不作超人之事，不成出众之人。	吃得苦中苦，方为人上人。

差异有大有小，可是两国成语不完全一样。

我只翻译过《堂吉诃德》里的诗。我所见的法译本都把原诗译成忠实的散文，英译本都译成自由的诗——原诗十二行往往译成十行，意思也不求忠实。法语和西班牙语更相近。我因此注意到语系相同的文字，往往只尾部拼法不同，这就押不成韵了。汉文和西方语文远不相同，同义字又十分丰富，押韵时可供选择的很多。如果用全诗最不能妥协的字作韵脚，要忠实于原意而又押韵，比翻译同语系的文字反而容易。不过译诗之难不在押韵。幸亏《堂吉诃德》里夹杂的诗，多半只是所谓“押韵而已”。我曾妄图翻译莎士比亚或雪莱的诗。一行里每个形容词、每个隐喻所包含、暗示、并引起的思想感情无穷繁富，要用相应的形容词或隐喻来表达而无所遗漏，实在难之又难。看来愈是好诗，经过翻译损失愈大。而空洞无物的诗，换一种文字再押上韵，却并不困难。

我曾听到前辈翻译家说：“多通几国外文，对翻译很有帮助。”这话确是不错的，不过帮助有个范围；越出范围，反成障碍。如果对原文理解不足，别种文字的译本可辅助理解。可是在翻译的过程里，要把原文融会于心，加以澄清的阶段，如介入另一种文字的翻译，就加添杂质而搅浑了。从慢镜头下解释，把原文分成短句又重新组合的阶段，加入另一种文字的译文，就打乱了条理，因为西方语言的文字尽管相近，文法究竟各有差异。宁愿把精力集中在原文上，不要用别种译文来打搅。等翻译完毕，可再用别种文字的译文来校订。如发现意义有差别，语气有轻重，就可重加推敲。

末了我要谈谈“信、达、雅”的“雅”字。我曾以为翻译只求亦信亦达，“雅”是外加的文饰。最近我为《堂吉诃德》第四版校订译文，发现毛病很多，有的文句欠妥，有的词意欠醒。我每找到更恰当的文字或更恰当的表达方式，就觉得译文更信更达、也更好些。“好”是否就是所谓“雅”呢？（不用“雅”字也可，但“雅”字却也现成。）福楼拜追求“最恰当的字”（Le mot juste）。用上最恰当的字，文章就雅。翻译确也追求这么一个标准：不仅能信能达，还要“信”得贴切，“达”得恰当——称为“雅”也可。我远远不能达到这个目标，但是我相信，一切从事文学翻译的人都意识到这么一个目标。

这篇文章总结我翻译的经验。翻译欠妥的例句，都是我自己的。

二〇〇二年十二月

向林一安先生请教[1]

半年内，我接连读到林一安先生批评我翻译作品的两篇文章：前一篇《堂吉诃德及其坐骑译名小议》，载二〇〇三年三月五日《中华读书报》；后一篇《莫把错译当经典》，载二〇〇三年八月六日《中华读书报》。前者已有读者为我辩诬，我再补充几句。林一安说堂吉诃德的坐骑，我译为“驽骍难得”受到赞赏，实际这个译名为他们北京外国语学院西班牙语专业四年级学生所创，经老师修改而成。并举他们师生以“西四”的笔名发表在一九五九年《译文》第六期上的一篇译文

---

① 杨绛先生曾就林一安对她翻译方式的批评，在接受一家报纸记者的采访后，于二〇〇三年八月二十五日写成此文，但未正式发表。后征得作者同意，收入二〇一四年人民文学出版社《杨绛全集》第三卷。——编者

《马德里之夜》为证。意思是我抄袭了他们师生协力翻出的译名。但经查证：林一安所说的一九五九年《译文》第六期所载《马德里之夜》，他们所译堂吉诃德的坐骑名字并不是“驽骍难得”，而是“洛稷喃提”！看过杨译本《堂吉诃德》的读者会注意到，我所译“驽骍难得”是有依据的，原文 Rocinante，分析开来，rocin 指驽马，ante 是 antes 的古写，指“以前”，也指“在前列”，“第一”等。（见《堂吉诃德》上卷第一章倒数第三段的注释。）

林君诬我抄袭他们师生翻出的译名，这对读者是欺蒙和愚弄，对我是诬蔑。不过，我认为，这是林君的个人品德问题，我可以不予置理（参见纪红《在不疑处有疑》载二〇〇三年三月二十六日《中华读书报》）。至于后一篇《莫把错译当经典》，林君强调名家译作的失误乃至败笔，是应该而且“必须指出并加以改正的”。林君此举的确是对名家更大的尊重和爱护，也是对读者的高度负责，这种态度值得赞扬。但是，“错误乃至败笔”，究竟是否错误乃至败笔，涉及学术问题，我怎么翻，自有我的道理。我的西班牙文是自习的，没有老师指导，故在翻译中唯以勤查字典和细读原文本的注解为要。下面仅以林一安所举“错误例证”为例，求教于林君。

De pelo en pecho 这句成语，按西班牙大词典有二义：一为 valiente，指某人不畏危险和艰难；二是指某人对别人的痛苦或恳求无动于衷。这里我取第一义，valiente。我所据马林编注本的注释指出，桑丘用这句成语形容那位姑娘时含有三层意思，都带着男人气味，用于男人合适，用在女人身上就不那么合适，如译为“勇敢”，女人可以和男人同样勇敢，所以我不取这个词义；亦可译作“有男子汉的气概”或“有大丈夫气概”，但是在桑丘嘴里，按成语直译，更加切合桑丘的口吻。“胸口生毛”，是男子汉的具体形象，成语，指的是男子汉的气概，是男子汉的抽象概念，按字面直译不失原意，而在桑丘嘴里，会显得更现成，更自然，也更合适。我曾核对英法译文，确有译者译作“胸口生毛”。如果这是歪曲了原意的败笔，那么，毕竟是国家培养出来的“后起之秀”，怎么会像我一样“望文生义”，重复我歪曲原意的败笔呢？

林君认为“成语切不可按字面直译”，否则会闹出外国人看了莫名其妙的大笑话，诸如此类的习语还有一个曰 tomar el pelo。按西班牙大词典，诸如此类的习语何止一个，有四五十个呢。其中不可直译的有好些，例如 venir a pelo，gente de pelo，en pelo 等，如按字面翻译就成笑话。但是，可以按字面翻译的也不少，这里不举例了。单说我“望文生义”的败笔吧，紧挨着前一“望文生义”又一“望文生义”，都在原文的同一句里。林君竟视而不见。Sacar la barba del lodo a uno 也是成语，指“困难中能予帮助”，这句成语也是具体形象的概括。按字面直译能把意思表达得更为具体生动，桑丘的趣谈就越加有声有色。“成语切不可按字面直译”吗？我希望林君能说出“切不可”的定律有何根据。林君俨然以大权威自居，一口断定我“对原文的理解，后起之秀中已有多人超越”。显然，林君便是其中之一，或竟是其中佼佼者。据他的说法，我中文根底还行，理解原文的能力却不如人，因为我毕竟不是“国家培养出来的高质量的宝贵的西班牙语人才”（而他自己毕竟是这种人才）。所以我难免有错失，他举出的一个错误就证明我不识成语，望文生义，以致歪曲原文而译出错误或败笔来。林君“斗胆直言”，把自学西班牙语的人理解原文的能力一笔抹杀，未免也太夜郎自大了吧？我向来是一个虚心的译者，愿向西语界专家求教。如果确系错误，我应当改正；不仅心悦诚服，还深深感激。如果林君认为我对西班牙文的理解还不如他，他却说我“堪称大师级的翻译家”，不是开玩笑吗？

不官不商有书香

解放前钱锺书和我寓居上海。我们必读的刊物是《生活周刊》。寓所附近有一家生活书店。我们下午四点后经常去看书看报；在那儿会碰见许多熟人，和店里工作人员也熟。有一次，我把围巾落在店里了。回家不多久就接到书店的电话："你落了一条围巾。恰好傅雷先生来，他给带走了，让我通知你一声。"傅雷带走我的围巾是招我们到他家去夜谈；嘱店员打电话是免我寻找失物。这件小事唤起了我当年的感受：生活书店是我们这类知识分子的精神家园。

生活书店后来变成了三联书店。四五十年后，我们决定把《钱锺书集》交三联出版，我也有几本书是三联出版的。因为三联是我们熟悉的老书店，品牌好，有它的特色。特色是：不官不商，有书香。我们喜爱这点特色。

二〇〇四年四月一日

手札若干纸失窃启事[①]

《复堂师友手札菁华》是我公公钱子泉老先生整理编纂的一部手稿。手札前面"记"，相当于文。他口述，由儿子锺书代笔。手札一张一张贴在毛边纸的簿子上，每一面贴手札一纸，大纸折叠，小纸偶一面二张。毛边纸簿大本五册，每册二百面；小本三册，每册一百面，大小共八册。

这八册手稿由钱锺书收藏。第五册曾有人借阅并转借他人。最近我因这部手稿将捐赠，请人民文学出版社影印出版。发现第五册有好多空白面，上面贴的手札已剥掉，一处竟剥出四个窟窿，一处剪去十面，共缺失二十六面左右。这第五册归

---

① 本篇系为人民文学出版社即将出版的《复堂师友手札菁华》所作的序文。——编者

还时，钱锺书没有检点，所以没有觉察。我记得他曾说："他们想复制，但信纸红色，印不出来。""他们"不知是谁。钱锺书和借阅者皆已去世，事隔二三十年，已无从查究。缺失的手札如有人觅得交我，当有酬谢；如一旦在市场出现，那就是赃物出手了！请大家注意。

杨　绛　敬启

二〇〇五年三月二十一日

请别拿我做广告[①]

编者的话：

本报三月二十六日《阅读周刊》刊出的《〈一代才子钱锺书〉再版，九旬杨绛含泪增补家事感人至深》，系根据出版社提供的材料改写，未向杨绛先生本人核对。文章见报后接到杨先生致电，认为有些内容不实，为此她专门给本报撰写了一篇短文表明自己的态度。现将杨先生的意见和文章一并照登在此，并对杨绛先生及读者表示深深的歉意。

我近年闭门谢客，因来日无多，还有许多事要做呢。记者采访

---

① 本文原刊于二〇〇七年四月二日《中国青年报》，作者就该报同年三月二十六日刊出的《〈一代才子钱锺书〉再版》一文内容不实而写。按语为《中国青年报》编者所作。后原样收入二〇一四年人民文学出版社《杨绛全集》第三卷。——编者

也一概辞谢。今年二月十八日忽见上海《文汇读书周报》二月十六日头版头条大幅报道《杨绛谈热门题材“钱锺书”，亲自校订〈第一才子钱锺书〉但不写序言》，令我震惊。我从未见过那位记者，电话都没通过，不知这份报道从何而来。我于当日致电该报郑重声明“我从来没有向任何记者谈热门题材‘钱锺书’，我也从未亲自校订《第一才子钱锺书》”，要求该报刊出更正声明，并向我和读者道歉。据该报记者称，他是根据出版社提供的宣传材料“改编”的。

不知该报出于何种考虑，将更正声明改为“启事”，以细字小幅于二〇〇七年三月二日在该报二版右下角1.5方寸面积刊出，若非仔细查找，很难发现，一些收到出版社同样宣传材料的其他媒体未能引以为鉴，继续拿我为该书做广告，忽而“含泪”，忽而“含笑”，“亲自校订”，“精心修改”，反复炒作。

出版社要卖书，做广告可以理解，但在未征得本人同意的情况下，强加于人，做不实的宣传，不仅是对当事人的不尊重，对读者也有欺骗之嫌。

我希望当今这个商业化的社会，不要唯利是图，在谋取利益的时候，还要讲点道义和良心。

二〇〇七年四月

“杨绛”和“杨季康”

——贺上海纪念话剧百年

六十四年前，我业余学写的话剧《称心如意》，由戏剧大师黄佐临先生导演，演出很成功。一夜之间，我由杨季康变成了杨绛。这年秋天，我第二个喜剧《弄真成假》上演，也很成功。抗战胜利后，我改行做教师，不复写剧本，但是杨绛在上海戏剧界还没有销声匿迹。

解放后到了北京，杨绛就没有了。杨季康曾当过“四害”里的“苍蝇、蚊子”之类，拍死后也没有了。都到哪里去了呢？我曾写过一篇“废话”《隐身衣》，说隐身衣并非仙家法宝，人世间也有：身处卑微，人人视而不见，不就没有了吗？我不合时宜，穿了隐身衣很自得其乐。六十多年只是一瞬间，虽然杨绛的大名也曾出现过几次，这个名字是用水写的，写完就干了，干了也就没有了。英国诗人济慈（John Keats，一七九五——八二一）慨叹自己的名字是用水写的。他是大诗人啊！我算老几！

想不到戏剧界还没忘掉当年上海的杨绛。中央戏剧学院表演系二〇〇四级三班的同学，为了纪念中国话剧百年诞辰，选中了六十四年前杨绛处女作《称心如意》，于今年六月三日至十日，在中央戏剧学院北剧场演出。十一月间，上海话剧艺术中心和上海滑稽剧团又将在上海话剧艺术中心演出杨绛的《弄真成假》。这两个喜剧，像出土文物，称“喜剧双璧”了！我惊且喜，感激又惭愧，觉得无限荣幸，一瓣心香祝演出成功。承他们抬举，还让我出头露面，说几句话。可是我这件隐身衣穿惯了，很称身；一旦剥去，身上只有“皇帝的新衣”了。我慌张得哪还说得出话呀！好在话剧上演自有演员说话，作者不必登场。请容我告饶求免吧。

谢谢！

二〇〇七年九月二十七日

钱锺书生命中的杨绛[1]

我原是父母生命中的女儿，只为我出嫁了，就成了钱锺书生命中的杨绛。其实我们两家，门不当，户不对。他家是旧式人家，重男轻女。女儿虽宝贝，却不如男儿重要。女儿闺中待字，知书识礼就行。我家是新式人家，男女并重，女儿和男儿一般培养，婚姻自主，职业自主。而钱锺书家呢，他两个弟弟，婚姻都由父亲作主，职业也由父亲选择。

钱锺书的父亲认为这个儿子的大毛病，是孩子气，没正

---

①　本文收入二〇一四年人民文学出版社《杨绛全集》第三卷。其编者有如下文字说明："《听杨绛讲往事》繁体字版于二〇〇八年冬在台湾出版后，受到读者欢迎，台湾学界朋友有意组织座谈，议题之一即为'钱锺书生命中的杨绛'，并希望杨先生能赴台湾与读者见面。杨先生因年事已高没能成行，却以此为题写了这篇短文，未交出。近日整理旧作时不意发现，遂收入《全集》。"——编者

经。他准会为他娶一房严肃的媳妇，经常管制，这个儿子可成模范丈夫；他生性憨厚，也必是慈祥的父亲。

杨绛最大的功劳是保住了钱锺书的淘气和那一团痴气。这是钱锺书的最可贵处。他淘气，天真，加上他过人的智慧，成了现在众人心目中博学而有风趣的钱锺书。他的痴气得到众多读者的喜爱。但是这个钱锺书成了他父亲一辈子担心的儿子，而我这种“洋盘媳妇”，在钱家是不合适的。

但是在日寇侵华，钱家整个大家庭挤居上海时，我们夫妇在钱家同甘苦、共患难的岁月，使我这“洋盘媳妇”赢得我公公称赞“安贫乐道”；而他问我婆婆，他身后她愿跟谁同住，答：“季康”。这是我婆婆给我的莫大荣誉，值得我吹个大牛啊！

我从一九三八年回国，因日寇侵华，苏州、无锡都已沦陷，我娘家婆家都避居上海孤岛。我做过各种工作：大学教授，中学校长兼高中三年级的英语教师，为阔小姐补习功课。又是喜剧、散文及短篇小说作者等等。但每项工作都是暂时的，只有一件事终身不改，我一生是钱锺书生命中的杨绛。这是一项非常艰巨的工作，常使我感到人生实苦。但苦虽苦，也很有意思，钱锺书承认他婚姻美满，可见我的终身大事业很成功，虽然耗去了我不少心力体力，不算冤枉。钱锺书的天性，没受压迫，没受损伤，我保全了他的天真、淘气和痴气，这是不容易的。实话实说，我不仅对钱锺书个人，我对所有喜爱他作品的人，功莫大焉！

二〇〇九年六月二日

漫谈《红楼梦》

我早年熟读《红楼梦》，解放后分配在文学研究所专攻西洋文学。我妄想用我评价西洋文学的方式来评论《红楼梦》，但读到专家、权威的议论以后，知道《红楼梦》不属我能评论的书。我没有阶级观念，不懂马列主义，动笔即错，挨了一二次批斗之后，再不敢作此妄想，连《红楼梦》这本书也多年不看了。

世移事易，我可以用我的方式讨论《红楼梦》了。但我已年迈，不复有此兴致，现在只随笔写几点心得体会而已，所以只是"漫谈"。

近来多有人士，把曹雪芹的前八十回捧上了天，把高鹗的后四十回贬得一无是处。其实，曹雪芹也有不能掩饰的败笔，高鹗也有非常出色的妙文。我先把曹雪芹的败笔，略举一二，再指出高鹗的后四十回，多么有价值。

林黛玉初进荣国府，言谈举止，至少已是十三岁左右的大家小姐了。当晚，贾母安排她睡在贾母外间的碧纱橱里，贾宝玉就睡在碧纱橱外的床上。据上文，宝玉比黛玉大一岁。他们两个怎能同睡一床呢？

第三回写林黛玉的相貌：“一双似喜非喜含情目。”深闺淑女，哪来这副表情？这该是招徕男人的一种表情吧？又如第七回，“黛玉冷笑道：‘我就知道么，别人不挑剩的，也不给我呀。’”林姑娘是盐课林如海的女公子，按她的身份，她只会默默无言，暗下垂泪，自伤寄人篱下，受人冷淡，不会说这等小家子话。林黛玉尖酸刻毒，如称刘姥姥“母蝗虫”，毫无怜老恤贫之意，也有损林黛玉的品格。

第七回，香菱是薛蟠买来做妾的大姑娘，却又成了不知自己年龄的小丫头。

平心而论，这几下败笔，无伤大雅。我只是用来反衬高鹗后四十回的精彩处。

高鹗的才华，不如曹雪芹，但如果没有高鹗的后四十回，前八十回就黯然失色，因为故事没个结局是残缺的，没意思的。评论《红楼梦》的文章很多，我看到另有几位作者有同样的批评，可说“所见略同”吧。

第九十七回，林黛玉焚稿断痴情，多么入情入理。曹雪芹如能看到这一回，一定拍案叫绝，正合他的心意。故事有头有尾，方有意味。其他如第九十八回，苦绛珠魂归离恨天，黛玉临终被冷落，无人顾怜，写人情世态，入木三分。

高鹗的结局，和曹雪芹的原意不同了。曹雪芹的结局“落了片白茫茫大地真干净”，高鹗当是嫌如此结局，太空虚，也太凄凉，他改为“兰桂齐芳”。我认为，这般改，也未始不可。

其实，曹雪芹刻意隐瞒的，是荣国府、宁国府的具体位置之所在。它们不在南京而在北京，这一点，我敢肯定。因为北方人睡炕，南方人睡床。大户人家的床，白天是不用的，除非生病。宝玉黛玉并枕躺在炕上说笑，很自然。如并枕躺在床上，成何体统呢！

第四回，作家刻意隐瞒的，无意间流露出来了。贾雨村授了“应天府”。“应天府”，据如今不易买到的古本地图，应天府在南京，王子腾身在南京，薛蟠想乘机随舅舅入京游玩一番，身在南京，又入什么京呢？当然是——北京了！

苏州织造衙门是我母校振华女校的校址。园里有两座高三丈、阔二丈的天然太湖石。一座瑞云峰，透骨玲珑；一座鹰峰，层峦叠嶂，都是帝王家方有而臣民家不可能得到的奇石。苏州织造府，当是雍正或是康熙皇帝驻跸之地，所以有这等奇石。

南唐以后的小说里，女人都是三寸金莲。北方汉族妇女多是小脚，乡间或穷人家妇女多天足。《红楼梦》里不写女人的脚。农村来的刘姥姥显然不是小脚。《红楼梦》里的粗使丫头没一个小脚的。这也可充作荣府宁府在北京不在南京的旁证吧。

《红楼梦》刻意不写的是女人的脚。写女人的鞋倒有几处。第三十一回史湘云在大观园住着，宝钗形容她“把宝兄弟的靴子也穿上”。第四十九回，“黛玉换上掐金挖云红香皮小靴”……众姊妹都穿同样打扮的靴。史湘云“脚下也穿着鹿皮小靴”……这种小靴，缠脚的女人从来不穿的。

满族人都是天足。曹雪芹给书中人物换上了古装。

“漫谈”是即兴小文，兴尽就完了。

二〇一〇年元月十日

魔鬼夜访杨绛

昨夜我临睡要服睡药，但失手把药瓶掉了，只听得“格登”一声，药瓶不见了。我想瓶子是圆形，会滚，忙下床遍寻，还用手电筒照着找，但不见踪迹，只好闹醒阿姨，问她要了一板睡药。她已经灭灯睡了，特为我开了灯，找出我要的药，然后又灭了灯再睡。

我卧房门原是虚掩着的，这时却开了一大角，我把门拉上，忽见门后站着个狰狞的鬼，吓了一大跳，但是我认识那是魔鬼，立即镇静了。只见他斜睨着我，鄙夷地冷笑说：

“到底你不如你那位去世的丈夫聪明。他见了我，并没有吓一跳！”

我笑说：“魔鬼先生，您那晚喝醉了酒，原形毕露了。您今晚没有化装，我一见就认识，不也够您自豪的吗？”

他撇撇嘴冷笑说："我没有那么浅薄。我只问你，你以为上帝保佑，已把我逐出你的香闺，你这里满屋圣光，一切邪恶都消灭无踪了？"

我看他并不想走，忙掇过一把椅子，又放上一个坐垫，我说："请坐请坐，我知道尊腚是冷的，烧不坏坐处。您有什么指教，我洗耳恭听。"

魔鬼这才乐了，他微笑着指着我说："你昏聩糊涂，你以为你的上帝保佑得了你吗？可知他远不是我的对手哩！你且仔细想想，这个世界，属于他，还是属于我？"他指指自己的鼻子说，"我是不爱敷衍的。"

我仔细想了想说："您的势力更嚣张。不是说：'道高一尺，魔高一丈'吗？如今满地战火，您还到处点火。全世界人与人、国与国之间，不都在争权夺利吗？不都是您煽动的吗？不过我也不妨老实告诉您，我嫉恶如仇，终归在我的上帝一边，不会听您指挥。我也可以对您肯定说：世上还是好人多。您自比上帝，您也无所不在，无所不能，那么，您还忙个啥呀？据我看，这个世界毁灭了，您也只能带着崇拜您的人，到月球上抢地盘去！不过谁也不会愿意跟您下地狱、喝阴风的。魔鬼先生，我这话没错吧？"

魔鬼冷笑说："你老先生不是很低调很谦虚吗？原来还是够骄傲的！你自以为是聪明的老人了！瞧着吧，你能有多聪明！"

我笑说："领教了！也请勿再加教诲了！我已经九十九高龄。小时候，初学英文，也学着说：'I will not fear，for God is near.'其实我小时候是害怕的。上帝爱护我，直到老来才见到您，可是我绝不敢自以为聪明的。魔鬼先生，领教了。"

魔鬼冷笑说："这是逐客令吧？"

我笑说："也是真正领教了，不用再加教诲了。"

魔鬼说："One word to the wise is enough."他拿起我遍寻不见的睡药瓶子，敲敲我的梳妆台说，"瓶子并未掉地下，只掉在台灯旁边，请看看。"

魔鬼身上的荧荧绿光渐渐隐去，我虽然看不见他，却知道他还冷眼看看我呢。

第二天早上，我刚从床上坐起，就发现我遍寻不见的药瓶，真的就在我台灯旁边，并未落地。魔鬼戏弄我，并给了我一顿教训，我应该领受。以前我心目中的确未曾有他。从此深自警惕，还不为迟。

原载《文汇报·笔会》二〇一〇年二月二十四日

俭为共德

余辑先君遗文，有《说俭》一篇，有言曰“昔孟德斯鸠论共和国民之道德，三致意于俭，非故作老生常谈也，诚以共和国之精神在平等，有不可以示奢者。奢则力求超越于众，乃君主政体、贵族政体之精神，非共和之精神也。”（见《申报》一九二一年三月二十九日）

近偶阅清王应奎撰《柳南随笔·续笔》，有《俭为共德》一文。有感于当世奢侈成风，昔日“老生常谈”今则为新鲜论调矣。故不惜蒙不通世故之讥，摘录《俭为共德》之说，以飨世之有同感者：

> 俭，德之共也。共，同也，言有德者，皆由俭来也。《司马公传家集训俭篇》云……“俭，德之共也”；顾仲恭

《秉烛斋随笔》有言云，“共之为义，盖言诸德共出于俭。俭一失，则诸德皆失矣……”凡人生百行未有不须俭以成者，谓曰“德之共”，不亦信乎！

原载《文汇报》二〇一〇年三月十日

汉　文

汉文是最古老的文字，也是最盛行的文字。近世发明渐多，证明中华古国的存在，比前人的估计还要推前二三千年。

用武力征服大片领域的，首推成吉思汗，但他只如一阵狂风，没留下任何文化。毛主席不是说过吗，“一代天骄，成吉思汗，只识弯弓射大雕。”风过就没有了。

七八十年前，我和钱锺书出洋留学，船上遇一越南人，他知道我们两个也是汉人，但他不能说中国话，只好用英语。他说：“我也是汉族，法国人要占据越南为殖民地，先灭了我们的文字，我们就不复是汉人了，我姓吴。”他嘴里发出一个奇怪的声音，是越南语的“吴”。安南自秦汉以后就是我国藩属，一八八五年，成了法国殖民地，从此安南人不是中国人了。

一九九六年，朝鲜要出朝鲜文的《围城》。朝鲜是箕子之后，是中华古国的骨肉至亲呀！改用了拼音，我一字不识，幸第一页前面有出版社名。当时钱锺书病重住医院，在东城；我女儿也病重住入医院，在西山山脚下，我忙忙碌碌就用英文写了回信，但未订合约，亦不记对方送了多少稿酬，也不知曾否再版。本是同一种族的人，却相逢不相识了。

日本也改用拼音了，日本只是小国，全国语言相同，很方便。

中国地域既大，居民种族繁多，方言错杂，无法统一。幸方言不同而文字相同。我国典籍丰富，如改用简体，意义就不同，好在香港台湾还保持中华古国的文字，没改用简体。

假如欧洲人同用一种公共文字，各国各用本国的语言读，那么，如有什么新发明，各国都可以同享了！

原载二〇一〇年七月四日香港《大公报》

第三部分　序文

《堂吉诃德》校订本三版前言

堂吉诃德已成世界性的角色，描叙他事迹的《堂吉诃德》已是公认的经典杰作。这位“奇情异想”的绅士名气大了，以他为主题的这部作品就成了“必读”或“不必读”的典籍。认真研究这部作品的人固然很多，不读这部作品而自称深知熟识的人却更多。谁不知道这位战风车的疯骑士呢！他为了伸张正义，维护公道，带着个傻侍从满处奔走，受到全世界的同情和爱戴。人家称道他有道德、有理想，尊重他为理想奋斗，不顾个人安危。他受欺凌、受折磨，激起有心人的愤慨，甚至为他伤心落泪。可是，现在谁还像《堂吉诃德》书里讲的那样，个个都急切要认识他呢？谁还像一六〇五年《堂吉诃德》初问世时，西班牙国王在阳台上看到的学生那样，一边读这部书，一边狂笑得像疯子一样呢？

三四百年过去了，《堂吉诃德》不复是当年众人传阅、爱不释手的热门书；堂吉诃德和桑丘也成了“知名度”高而“识面度”低的名流或伟人。但是闻名究竟不如识面。所以我冒昧为读者提出几点建议。

作者塞万提斯写《堂吉诃德》的时代，社会上正害“骑士小说热”。“骑士小说”，讲的无非勇猛超人的英雄，落难的美人，阻挠或帮助他们恋爱的巨人、怪兽、魔法师等等，以及种种离奇怪异的遭遇。塞万提斯曾说：有识之士不屑一读，但爱看的人却不少。他蓄意要写一部有意义的小说，把这类无聊的作品一扫而空。他写堂吉诃德一言一动、亦步亦趋地摹仿骑士小说的主角，只为挖苦取笑。可是这类小说如今早已过时，在咱们中国，压根儿没几人熟悉。堂吉诃德拉长了脸连连背书，一套套迂腐的言论，就不成为对症下药的讽刺，反令人觉得沉闷。我们读到这类章节，如觉乏味，不妨跳过去，先读下文。

当时小说的风尚，离不开浪漫的爱情故事。《堂吉诃德》第一部里，穿插了好些爱情诗歌和恋爱故事。读者如不感兴趣，不妨也略过不读。

《堂吉诃德》的故事发生在三四百年前，当时的风俗和生活都和现在不同了。编注者得考证说明。国外读者需要的注解当然更多。但注释不免也妨碍阅读的顺溜。读者如果一心关注着堂吉诃德和桑丘的言行，不妨暂且不求甚解，先往下读去。

塞万提斯是一位勇敢的军士，战争中受重伤，被俘多年赎回，下半生只是个穷愁潦倒的文人。他五十八岁写了《堂吉诃德》第一部，虽然风行一时，文坛上只目为逗笑取乐的闲书，塞万提斯并未受到重视。十年后竟有人目无作者，公然出了续集。塞万提斯急急忙忙出了《堂吉诃德》第二部。两部书的作者自序，也可留到末尾再读。因为这两篇序文对读者了解和欣赏作品的帮助不大，主要是表达了作者本人的牢骚和委屈情绪。至于“献辞”和卷尾的歪诗，都可以靠后。

总之，我们只顾牢牢跟定堂吉诃德和桑丘主仆俩：看堂吉诃德的行为，听桑丘的议论，其他枝节，一概可以略过。如读完全书，还有流连的回味，可以倒回来，挑喜欢的章节重复细看。因为值得我们深切认识的，无非堂吉诃德和桑丘这一对多层次、多方面的有趣人物。他们的一言一行，都表现各自的性格。如果我们阅读时分散了兴趣，丢下书不再和这两人接近，我们就错失了认识他们的机缘。

我写这篇短短的《前言》，只为希望《堂吉诃德》能经常在书桌几案上出现，而不致尊严地高踞书架上层，蒙上尘埃。

一九九三年九月

《名利场》小序

《名利场》是英国十九世纪小说家萨克雷的成名作品，也是他生平著作里最经得住时间考验的杰作。故事取材于很热闹的英国十九世纪中上层社会。当时国家强盛，工商业发达，由压榨殖民地或剥削劳工而发财的富商大贾正主宰着这个社会，英法两国争权的战争也在这时响起了炮声。中上层社会各式各等人物，都忙着争权夺位，争名求利，所谓“天下攘攘，皆为利往；天下熙熙，皆为利来”，名位、权势、利禄，原是相连相通的。

故事主角是一个机灵乖巧的漂亮姑娘。她尝过贫穷的滋味，一心要掌握自己的命运，摆脱困境。她不择手段，凭谄媚奉承、走小道儿、钻后门，飞上高枝。作为陪衬的人物是她同窗女友、一个富商的女儿。她懦弱温柔，驯顺地随命运拨弄。

从贫贱进入富裕的道路很不平稳，富家女的运途亦多坎坷，两人此起彼落的遭遇，构成一个引人关怀又动人情感的故事。穿插的人物形形色色，都神情毕肖。萨克雷富机智，善讽刺，《名利场》是逗趣而又启人深思的小说。

萨克雷是东印度公司收税员的儿子，受过高等教育，自己却没什么财产。他学法律、学画都不成功，一连串失败的经历，只使他熟悉了中上层社会的各个阶层。《名利场》的背景和人物，都是他所熟悉的。

他不甘心写小说仅供消遣，刻意寓教诲于娱乐，要求自己的小说“描写真实，宣扬仁爱”。“描写真实”就是无情地揭出名利场中种种丑恶，使个中人自知愧惭；同时又如实写出追求名利未必得逞，费尽心机争夺倾轧，到头来还是落空，即使如愿以偿，也未必幸福快乐。“宣扬仁爱”是写出某些人物居心仁厚，乐于助人而忘掉自己，由此摆脱了个人的烦恼，领略到快乐的真谛。

萨克雷写小说力求客观，不以他本人的喜爱或愿望而对人物、对事实有所遮饰和歪曲。人情的好恶，他面面俱到，不遮掩善良人物的缺点，也不遗漏狡猾、鄙俗人的一节可取。全部故事里没有一个英雄人物，所以《名利场》的副题是《没有英雄的故事》，就是现代所谓“非英雄”的小说。这一点，也是《名利场》的创新。

一九九三年十月

钱锺书对《钱锺书集》的态度

我谨以眷属的身份，向读者说说钱锺书对《钱锺书集》的态度。因为他在病中，不能自己写序。

他不愿意出《全集》，认为自己的作品不值得全部收集。他也不愿意出《选集》，压根儿不愿意出《集》，因为他的作品各式各样，糅合不到一起。作品一一出版就行了，何必再多事出什么《集》。

但从事出版的同志们从读者需求出发，提出了不同意见，大致可归纳为三点。（一）钱锺书的作品，由他点滴授权，在台湾已出了《钱锺书作品集》。咱们大陆上倒不让出？（二）《谈艺录》、《管锥编》出版后，他曾再三修改，大量增删。出版者为了印刷的方便，《谈艺录》再版时把《补遗》和《补订》附在卷末，《管锥编》的《增订》是另册出版的。读者阅读不便。出《集》重排，可把《补遗》、《补订》和《增订》的段落，一一纳入原文，读者就可以一口气读个完整。（三）尽管自己不出《集》，难保旁人不侵权擅自出《集》。

钱锺书觉得说来也有道理，终于同意出《钱锺书集》。随后他因病住医院，出《钱锺书集》的事就由三联书店和诸位友好协力担任。我是代他和书店并各友好联络的人。

钱锺书绝对不敢以大师自居。他从不厕身大师之列。他不开宗立派，不传授弟子。他绝不号召对他作品进行研究，也不喜旁人为他号召；严肃认真的研究是不用号召的。《钱锺书集》不是他的一家言。《谈艺录》和《管锥编》是他的读书心得，供会心的读者阅读欣赏。他偶尔听到入耳的称许，会惊喜又惊奇。《七缀集》文字比较明白易晓，也同样不是普及性读物。他酷爱诗。我国的旧体诗之外，西洋德、意、英、法原文诗他熟读的真不少，诗的意境是他深有领会的。所以他评价自己的《诗存》只是恰如其分。他对自己的长篇小说《围城》和短篇小说以及散文等创作，都不大满意。尽管电视剧《围城》给原作赢得广泛的读者，他对这部小说确实不大满意。他的早年作品唤不起他多大兴趣。“小时候干的营生”会使他“骇且笑”，不过也并不认为见不得人。谁都有个成长的过程，而且，清一色的性格不多见。钱锺书常说自己是“一束矛盾”。本《集》的作品不是洽调一致的，只不过同出钱锺书笔下而已。

钱锺书六十年前曾对我说：他志气不大，但愿竭毕生精力，做做学问。六十年来，他就写了几本书。本《集》收集了他的主要作品。凭他自己说的“志气不大”，《钱锺书集》只能是菲薄的奉献。我希望他毕生的虚心和努力，能得到尊重。

一九九七年十一月二十一日

《〈宋诗纪事〉补正》序

《〈宋诗纪事〉补正》是锺书利用他四十多年来业余小憩的时间，断断续续做成的。二十世纪四十年代末期，他得了王云五主编的“万有文库”厉鹗《宋诗纪事》一集，共十四册。他半卧在躺椅上休息，就边看边批，多半凭记忆，有时也查书。他读完并批完全书，用毛笔淡墨，在第一册扉页上写了如下几行：“采摭虽广，讹脱亦多。归安陆氏《补遗》，买菜求益，更不精审。披寻所及，随笔是正之。整缀董理，以俟异日。槐聚识于蒲园之且住楼。”（我家曾于一九四九年早春寄居蒲园某宅之三楼，锺书称为且住楼。）这年八月底，我们举家迁往北京清华大学。锺书教学之外还担任其他工作，《宋诗纪事》的“补正”就搁置多年，没工夫顺及了。

锺书选注宋诗时期，又为《宋诗纪事》补正多处。书上有或粗或细的钢笔字，又有毛笔字、圆珠笔字、铅笔字等等，说明这些批补是叠次添上的。一九八二年，锺书把这部批满“补正”的《宋诗纪事》交给栾君贵明，说：“这件事交给你去做吧。”他年老多病，懒得“整缀董理”，借重栾君之力，把“补正”抄在稿纸上，并核对“补正”所引据的原书。

栾君觅得一部乾隆十一年厉鹗序杭州田氏小刻本《宋诗纪事》，把书拆开，一页页贴在大张稿纸上。他找到“补正”所据的原书，一一核对，然后把“补正”誊录在稿纸上。锺书很欣赏他的“手工”，但誊录如有错误，就请他重新核对。栾君对钱先生的记忆心悦诚服，一抄再抄，于一九八三年八月誊清了锺书写在原书上的全部“补正”。锺书闲暇时，一天审阅一卷（全集共一百卷），一九八三年年底校阅完毕。

锺书校完第一稿，觉得还有遗漏，又一再添补。他引用某书某文，往往只写首尾几字，中间用删节号“……”，栾君须把全文补上。增添的文字不止一行半行，不能填写在字里行间，得另纸誊录，然后将原稿裁开，把增添的稿纸贴在上下文之间。这就大大增加了篇幅。这第二稿是一九八四年完成的。锺书又把全稿从头至尾校阅一过。（他增添“补正”的大量批注，一部分还保留在原稿上，一部分保留在指明操作的便条上。）

八十年代后期，锺书见到电子计算机对文献工作的功用，嘱栾君用计算机再查核某书、某书。计算机所查获的资料，果然比人力更为详尽。但计算机只能罗列事物，不能判别真伪、选择精要。锺书嘱栾君把计算机所提供的资料，连同原书一并搬来，对照研究，指点如何判断、选择：如有不能定夺的疑难处，就把不同的资料全部录下，供后人抉择。于是栾君誊录并贴成更详尽的第三稿。锺书再又校阅了前六十九卷，并查看了他选出的另几卷，对栾君说："行了，不用我再看了。你自己再仔细核对，不要有重见复出。"锺书就这样结束了他的《〈宋诗纪事〉补正》工作。如今经多方努力，《〈宋诗纪事〉补正》即将出版。锺书有知，必定会感到欣慰的。

二〇〇一年四月杨绛谨序

《钱锺书手稿集》序

许多人说，钱锺书记忆力特强，过目不忘。他本人却并不以为自己有那么“神”。他只是好读书，肯下功夫，不仅读，还做笔记；不仅读一遍两遍，还会读三遍四遍，笔记上不断地添补。所以他读的书虽然很多，也不易遗忘。

他做笔记的习惯是在牛津大学图书馆（Bodleian——他译为饱蠹楼）读书时养成的。因为饱蠹楼的图书向例不外借。到那里去读书，只准携带笔记本和铅笔，书上不准留下任何痕迹，只能边读边记。锺书的《饱蠹楼读书记》第一册上写着如下几句：“廿五年（一九三六年）二月起，与绛约间日赴大学图书馆读书，各携笔札，露钞雪纂，聊补三箧之无，铁画银钩，虚说千毫之秃，是为引。”第二册有题辞如下：“心如椰子纳群书，金匮青箱总不如，提要勾玄留指爪，忘筌他日并无鱼。（默存题，季康以狼鸡杂毫笔书于灯下。）”这都是用毛笔写的，显然不是在饱蠹楼边读边记，而是经过反刍，然后写成的笔记。

做笔记很费时间。锺书做一遍笔记的时间，约莫是读这本书的一倍。他说，一本书，第二遍再读，总会发现读第一遍时会有很多疏忽。最精彩的句子，要读几遍之后才发现。

锺书读书做笔记成了习惯。但养成这习惯，也因为我们多年来没个安顿的居处，没地方藏书。他爱买书，新书的来源也很多，不过多数的书是从各图书馆借的。他读完并做完笔记，就把借来的书还掉，自己的书往往随手送人了。锺书深谙“书非借不能读也”的道理，有书就赶紧读，读完总做笔记。无数的书在我家流进流出，存留的只是笔记，所以我家没有大量藏书。

锺书的笔记从国外到国内，从上海到北京，从一个宿舍到另一个宿舍，从铁箱、木箱、纸箱，以至麻袋、枕套里出出进进，几经折磨，有部分笔记本已字迹模糊，纸张破损。锺书每天总爱翻阅一两册中文或外文笔记，常把精彩的片段读给我听。我曾想为他补缀破旧笔记，他却阻止了我。他说：“有些都没用了。”哪些没用了呢？对谁都没用了吗？我当时没问，以后也没想到问。

锺书去世后，我找出大量笔记，经反复整理，分出三类。

第一类是外文笔记（外文包括英、法、德、意、西班牙、拉丁文）。除了极小部分是锺书用两个指头在打字机上打的，其余全是手抄。笔记上还记有书目和重要的版本以及原文的页数。他读书也不忽略学术刊物。凡是著名作家有关文学、哲学、政治的重要论文，他读后都做笔记，并记下刊物出版的年、月、日。锺书自从摆脱了读学位的羁束，就肆意读书。英国文学，在他已有些基础。他又循序攻读法国文学，从十五世纪到十九世纪而二十世纪；也同样攻读德国文学、意大利文学的历代重要作品，一部一部细读，并勤勤谨谨地做笔记。这样，他又为自己打下了法、德、意大利的文学基础。以后，他就随遇而读。他的笔记，常前后互相引证参考，所以这些笔记本很难编排。而且我又不懂德文、意大利文和拉丁文。恰逢翻译《围城》的德国汉学家莫芝宜佳博士（Professor Dr. Monika Motsch）来北京。我就请她帮我编排。她看到目录和片段内容，"馋"得下一年暑假借机会又到北京来，帮我编排了全部外文笔记。笔记本共一百七十八册，还有打字稿若干页，全部外文笔记共三万四千多页。

锺书在国内外大学攻读外国文学，在大学教书也教外国文学，“院系调整”后，他也是属于文学研究所外国文学组的。但他多年被派去做别的工作，以后又借调中国古典文学组，始终未能回外文组工作。他原先打算用英文写一部论外国文学的著作，也始终未能如愿。那些外文笔记，对他来说，该是“没用了”。但是对于学习外国文学的人，对于研究钱锺书著作的人，能是没用吗？

第二类是中文笔记。他开始把中文的读书笔记和日记混在一起。一九五二年知识分子第一次受“思想改造”时，他风闻学生可检查“老先生”的日记。日记属私人私事，不宜和学术性的笔记混在一起。他用小剪子把日记部分剪掉毁了。这部分笔记支离破碎，而且都散乱了，整理很费工夫。他这些笔记，都附带自己的议论，亦常常前后参考、互相引证。以后的笔记他都亲自记下书目，也偶有少许批语。中文笔记和外文笔记的数量，大致不相上下。

第三类是“日札”——锺书的读书心得。日札想是“思想改造”运动之后开始的。最初的本子上还有涂抹和剪残处。以后他就为日札题上各种名称，如“容安馆日札”、“容安室日札”、“容安斋日札”；署名也多种多样，如“容安馆主”、

“容安斋居士”、“槐聚居士”等等；还郑重其事，盖上各式图章。我先还分门别类，后来才明白，这些“馆”、“斋”、“室”等，只是一九五三年“院系调整”后，我家居住的中关园小平房（引用陶渊明《归去来辞》“审容膝之易安”）。以后屡次迁居，在锺书都是“容膝易安”的住所，所以日札的名称一直没改。

日札共二十三册二千多页，分八百零二则。每一则只有数目，没有篇目。日札基本上是用中文写的，杂有大量外文，有时连着几则都是外文。不论古今中外，从博雅精深的历代经典名著，到通俗的小说院本，以至村谣俚语，他都互相参考引证，融会贯通，而心有所得，但这点“心得”还待写成文章，才能成为他的著作。《管锥编》里，在在都是日札里的心得，经发挥充实而写成的文章。例如：《管锥编·楚辞洪兴祖补注》十八则，共九十五页，而日札里读楚辞的笔记一则，只疏疏朗朗记了十六页；《管锥编·周易正义》二十七则，共一百零九页，而日札里读《周易》的笔记，只有一则，不足十二页；《管锥编·毛诗正义》六十则，共一百九十四页，而日札里读《毛诗》的笔记二则，不足十七页。

锺书在《管锥编》的序文中说：“……遂料简其较易理董

者，锥指管窥，先成一辑”，“初计此辑尚有《全唐文》等书五种，而多病意倦，不能急就。”读《全唐文》等书的心得，日札里都有。他曾对我说：“我至少还想写一篇《韩愈》、一篇《杜甫》。”这两篇，想是“不易理董者”，再加“多病意倦”，都没有写出来。日札里的心得，没有写成文章的还不少呢。

这大量的中、外文笔记和读书心得，锺书都“没用了”。但是他一生孜孜矻矻积聚的知识，对于研究他学问和研究中外文化的人，总该是一份有用的遗产。我应当尽我所能，为有志读书求知者，把锺书留下的笔记和日札妥为保存。

感谢商务印书馆愿将钱锺书的全部手稿扫描印行，保留着手稿原貌，公之于众。我相信公之于众是最妥善的保存。但愿我这办法，“死者如生，生者无愧”。

二〇〇一年五月四日

《杨绛文集》自序

我不是专业作家；文集里的全部作品都是随遇而作。我只是一个业余作者。

早年的几篇散文和小说，是我在清华上学时课堂上的作业，或在牛津进修时的读书偶得。回国后在沦陷的上海生活，迫于生计，为家中柴米油盐，写了几个剧本。抗日战争胜利后，我先在上海当教师；解放战争胜利后，我在清华大学当教师，业余写短篇小说和散文，偶尔翻译。“洗澡”（知识分子改造）运动后，我调入文学研究所做研究工作，就写学术论文；写论文屡犯错误，就做翻译工作，附带写少量必要的论文。翻译工作勤查字典，伤目力，我为了保养眼睛，就“闭着眼睛工作”，写短篇小说。一九七九年社科院近代史研究所因我父亲是反清革命运动的“人物之一”，嘱我写文章讲讲我父亲的某些观点。我写了《一份资料》。胡乔木同志调去审阅后，建议我将题目改为《回忆我的父亲》；我随后又写了另一篇回忆。我又曾记过钱锺书的往事，但不是我的回忆而是他本人的回忆。我在研究和写学术论文的同时，兼写小说和散文，还写了一部长篇小说。一九八七年退休后，我就随意写文章。钱锺书去世后，我整理他的遗稿，又翻译了一部作品，随事即兴，又写了长长短短各式各样的散文十来篇。

全部文章，经整理，去掉了一部分，把留下的部分粗粗分门别类。一半是翻译，一半是创作。创作包括戏剧、小说和散文。散文又有杂忆杂写等随笔以及由专题研究、累积了心得体会的文论。文章既是“随遇而作”，分门别类编排较为方便。

不及格的作品，改不好的作品，全部删弃。文章扬人之恶，也删。因为可恶的行为固然应该“鸣鼓而攻”，但一经揭发，当事者反复掩饰，足证“羞恶之心，人皆有之”；我待人还当谨守忠恕之道。被逼而写的文章，尽管句句都是大实话，也删。有“一得”可取，虽属小文，我也留下了。

我当初选读文科，是有志遍读中外好小说，悟得创作小说的艺术，并助我写出好小说。但我年近八十，才写出一部不够长的长篇小说；年过八十，毁去了已写成的二十章长篇小说，决意不写小说。因为我生也辰，不是可以创作小说的人。至于创作小说的艺术，虽然我读过的小说不算少，却未敢写出正式文章，只在学术论文里，谈到些零星的心得。我写的小说，除了第一篇清华作业，有两个人物是现成的，末一篇短篇小说里，也有一个人物是现成的，可对号入座，其余各篇的人物和故事，纯属虚构，不抄袭任何真人实事。锺书曾推许我写小说能无中生有。的确，我写的小说，各色人物都由我头脑里孕育出来，故事由人物自然构成。有几个短篇我曾再三改写。但我的全部小说，还在试笔学写阶段。自分此生休矣，只好自愧有志无成了。我只随笔写了好多篇文体各别的散文。承人民文学出版社几位资深编辑的厚爱，愿为我编辑文集，我衷心感谢，就遵照他们的嘱咐，写了这篇序文，并详细写了一份“杨绛生平与创作大事记”。

二〇〇三年七月二十七日

《洗澡》新版前言

《洗澡》不是由一个主角贯连全部的小说，而是借一个政治运动作背景，写那个时期形形色色的知识分子。所以是个横断面；既没有史诗性的结构，也没有主角。

本书第一部写新中国不拘一格收罗的人才，人物一一出场。第二部写这些人确实需要“洗澡”。第三部写运动中这群人各自不同的表现。“洗澡”没有得到预期的效果，原因是谁都没有自觉自愿。

假如说，人是有灵性、有良知的动物，那么，人生一世，无非是认识自己，洗练自己，自觉自愿地改造自己，除非甘心与禽兽无异。但是这又谈何容易呢。这部小说里，只有一两人自觉自愿地试图超拔自己。读者出于喜爱，往往把他们看作主角。

人民文学出版社将重印《洗澡》，我趁便添补几句，是为“新版前言”。

二〇〇三年十月十五日

《〈宋诗纪事〉补订》手稿影印本说明

我为《〈宋诗纪事〉补正》[①] 写的序文里，指出这部“补正”的手抄稿共有三稿，第一、第二稿曾由钱锺书审阅。第三稿他审阅了部分，还有一部分没有审阅。按事实说，辽宁人民版的这部“补正”应该是锺书的未完稿。当时，觉得这份未完成的事，经“多方努力”居然完成，该是一件可喜的事。

这部书出版之后，有一个问题在我心上逐渐明朗起来。锺书这部未完稿，应该有个终止的界线。界线以外，是栾贵明君

---

① 这个书名是栾贵明君嘱我题写的，本书由辽宁人民出版社二〇〇三年一月出版。我最近翻阅锺书一九八三年我访欧期间“备忘而代笔避谈”的日记，看到他每日“阅读《宋诗纪事》补订一卷”，我不知“补正”有何依据，可惜我无从考证。今即据锺书的日记，定名为《〈宋诗纪事〉补订》，由三联书店出版。

添补完成而未经锺书审阅认可的。锺书认可和未认可的部分，应该有个区分。

为了对事实负责，我希望在有生之年，能把这界线划分清楚。

据栾君说，第三稿把第二稿扩增了一倍不止。料想未经锺书审阅的“补正”，量还不小。我曾希望能够看到锺书在二、三稿上的亲笔批注和便条，试图划分这道界线，可是很遗憾，我未能如愿。而据栾君说，那第一、第二、第三次的手抄稿，现已无从区分。那么，纯粹的锺书对《宋诗纪事》的“是正”，只有未经“整缀董理”的手迹了。于是，我就把锺书在万有文库本《宋诗纪事》十四册书上的补订，全书交给三联书店影印出版，是以说明。

二〇〇三年十月十五日

原载钱锺书《〈宋诗纪事〉补订》手稿影印本卷首，三联书店二〇〇五年九月出版。

《走到人生边上》自序

二〇〇五年一月六日，我由医院出院，回三里河寓所。我是从医院前门出来的。如果由后门太平间出来，我就是“回家”了。

躺在医院病床上，我直在思索一个题目：《走到人生边上》。一回家，我立即动笔为这篇文章开了一个头。从此我好像着了魔，给这个题目缠住了，想不通又甩不开。我寻寻觅觅找书看，从曾经读过的中外文书籍——例如《四书》、《圣经》，到从未读过的，手边有的，或请人借的——例如美国白璧德（Irving Babbitt，一八六五——一九三三）的作品，法国布尔热（Paul Bourget，一八五二——一九三五）的《死亡的意义》。读书可以帮我思索，可是我这里想通了，那里又堵死了。

年纪不饶人。我又老又病又忙。我应该是最清闲的人，既不管家事，又没人需我照顾。可是老人小辈多，小辈又生小辈，好朋友的儿女又都成了小一辈的朋友。承他们经常关心，近在北京、远在国外的，过年过节，总来看望我。我虽然闭门谢客，亲近的戚友和许许多多小辈们，随时可以冲进门来。他们来，我当然高兴，但是我的清闲就保不住了。

至于病，与老年相关的就有多种，经常的是失眠、高血压、右手腱鞘炎不能写字等等。不能写字可以用脑筋，可是血压高了，失眠加剧，头晕晕的，就不能用脑筋，也不敢用脑筋，怕中风，再加外来的干扰，都得对付，还得劳心。

《走到人生边上》这个题目，偏又缠住人不放。二〇〇五年我出医院后擅自加重降压的药，效果不佳，经良医为我调整，渐渐平稳。但是我如果这天精神好，想动笔写文章，亲友忽来问好，这半天就荒废了。睡不足，勉强工作，往往写半个字，另一半就忘了，查字典吧，我普通话口音不准，往往查不到，还得动脑筋拐着弯儿找。字越写越坏。老人的字爱结成一团，字不成字，我也快有打结子的倾向了。

思路不通得换一条路再想，我如能睡个好觉，头脑清楚，我就呆呆地坐着转念头。吃也忘了，睡也忘了，一坐就是半天，往往能想通一些问题。真没想到我这一辈子，脑袋里全是想不通的问题。这篇短短的小文章，竟费了我整整两年半的时光。废稿写了一大叠，才写成了四万多字的《自问自答》。

在思索的过程中，发现几个可写散文的题目。我写下了本文的草稿，就把这几篇散文写成《注释》，因为都是注释本文的。费心的是本文，是我和自己的老、病、忙斗争中挣扎着写成的。

古罗马皇帝马可·奥勒留（Marcus Aurelius，一二一——一八〇）的《自省录》是他和邻邦交战中写成的。我的《自问自答》是我和自己的老、病、忙斗争中写成的。在斗争中挣扎着写，也不容易。拉一位古代的大皇帝作陪，聊以自豪吧！

九十六岁的杨绛

二〇〇七年八月十五晚

《听杨绛谈往事》序

我不值得传记作者为我立传，但我也不能阻止别人写我的传记。不相识、不相知的人如有意写我的传，尽管对我的生平一无所知，只要凑足资料，能找到出版社，就能出书。不过，并没有几个人为我写传。这本用“听杨绛谈往事”命题的传记，是征得我同意而写的。

作者吴学昭是我的好友。她笃实忠厚，聪明正直，又待人真挚，常为了过于老实而吃亏。她富有阅历，干练有才，但她不自私，满肚子舍己为人的侠义精神，颇有堂吉诃德的傻气。不过她究竟不是疯子，非但不荒谬，还富有理智，凡事务求踏实而且确凿有据，所以她只是傻得可敬可爱而已。

她要求为我写传，我觉得十分荣幸。有她为我写传，胡说乱道之辈就有所避忌了，所以我一口答应。她因此要知道我的往事。我乐于和一个知心好友一起重温往事，体味旧情，所以有问必答。我的生平十分平常，如果她的传读来淡而无味，只怪我这人是芸芸众生之一，没有任何伟大的事迹可记。我感激她愿为一个平常人写一篇平常的传。

不过我还活着呢。我身后的事，她没法问我了，怎么办？我想不要紧，写到九十八岁还忠实，以后的事也不会走样。为我写的传并没有几篇，我去世后也许会增加几篇，但征得我同意而写的传记，只此一篇。是为序。

二〇〇八年六月八日

介绍莫宜佳翻译的《我们仨》

钱锺书最欣赏莫宜佳的翻译。他的小说有多种译文，唯独德译本有作者序，可见作者和译者的交情，他们成了好朋友。她写的中文信幽默又风趣，我和女儿都抢着看，不由得都和她通信了。结果我们一家三口都和她成了友。

我女儿和我丈夫先后去世，我很伤心，特意找一件需我投入全部身心的工作，逃避我的悲痛；因为这种悲痛是无法对抗的，只能逃避。我选中的事是翻译柏拉图《对话录》中的《斐多》。莫宜佳知道了我的意图，支持我，为我写了序文。她怜我身心交瘁中能勉力工作来支撑自己，对我同情又关心，渐渐成了我最亲密的一位好友。

莫宜佳不是一般译者，只翻译书本。她爱中国文化，是中国人的朋友。她交往的不仅知识分子，还有种地的农民，熟识的也不止一家。她知道农家的耕牛是一家之宝，过年家家吃饺子，给家里的耕牛也吃一大盘饺子。她关注中国人民的风俗习惯、文化传统。我熟悉的只是知识分子。至于学问，我压根儿不配称赞。单讲中国文学的水平吧，我嫌钱锺书的《管锥编》太艰深，不大爱读，直到老来读了好几遍，才算读懂。莫宜佳读后就出版了《管锥编和杜甫》，当时钱锺书已重病住入医院，我把莫宜佳这本书带往医院，钱锺书神识始终清楚，他读了十分称赏。

我只爱阅读英、法、西班牙等国的小说、散文等；即使是中文小说，我的学问也比不上莫宜佳。她对中国小说能雅俗并赏，我却连通俗小说也不如她读得广泛。因为我出身旧式家庭，凡是所谓“淫书”，女孩子家不许读，我也不敢读。她没有这种禁忌，当然读得比我全面了。这是毫无夸张的实情。

我早年有几本作品曾译成英语、法语。在国外也颇受欢迎。我老来不出门了，和以前经常来往的外国朋友绝少来往。 梦想不到的是钱锺书早年朝气蓬勃的《围城》，和我暮年忧伤中写成的《我们仨》，今年同在法兰克福书展出现！这是莫宜佳的荣誉，我们夫妇也与有荣焉。因为我们两个能挨在一起，同时也因为译文同出于莫宜佳的大手笔。希望德国读者在欣赏莫宜佳所译《围城》的同时，也同样喜欢《我们仨》。

二〇〇九年五月三十一日

《洗澡之后》前言

《洗澡》结尾，姚太太为许彦成、杜丽琳送行，请吃晚饭。饭桌是普通的方桌。姚太太和宛英相对独坐一面，姚宓和杜丽琳并坐一面，许彦成和罗厚并坐一面。有读者写信问我：那次宴会是否乌龟宴。我莫名其妙，请教朋友。朋友笑说："那人心地肮脏，认为姚宓和许彦成在姚家那间小书房里偷情了。"

我很嫌恶。我特意要写姚宓和许彦成之间那份纯洁的友情，却被人这般糟蹋。假如我去世以后，有人擅写续集，我就麻烦了。现在趁我还健在，把故事结束了吧。这样呢，非但保全了这份纯洁的友情，也给读者看到一个称心如意的结局。每个角色都没有走形，却更深入细致。我当初曾声明：故事是无中生有，纯属虚构，但人物和情节却活生生地好像真有其事。姚宓和许彦成是读者喜爱的角色，就成为书中主角。既有主角，就改变了原作的性质。原作是写知识分子改造思想；那群知识分子，谁是主角呀？我这部《洗澡之后》是小小一部新作，人物依旧，事情却完全不同。我把故事结束了，谁也别想再写什么续集了。

二〇一〇年六月十一日

《杨荫杭集》序

我父亲杨荫杭（一八七八——九四五），字补塘，江苏无锡人。“老圃”是他常用的笔名。

父亲十九岁考入南洋公学，两年后由官费派送日本留学。留日期间，父亲与杨廷栋、雷奋等人主持、创办了留学生的第一份杂志——《译书汇编》，专门译载欧美政法名著，“译笔流丽典雅，于吾国青年思想之进步收效至巨。”（见《回忆我的父亲》，转引自冯自由《革命逸史》）

清末民初，父亲先后在上海时事新报馆、苏报馆、申报馆任编辑，在报刊上写文章，另外也编译书籍。但父亲生前对自己出版的书都不屑一提。若不是锺书告诉我，或友辈偶然发现，我全不知晓。他精心钻研、计划而撰写的《诗骚体韵》一书，只为未能达到他要求的完善，去世前把稿子毁了。

现在收入本集中的几乎全是二十年代《申报》上的“时评”（偶亦称“社语”）和“常评”（亦称“常谈”），以及《时报》上的“上下春秋”。那段时间，父亲在上海《申报》馆当主笔（有资料说是“上海申报社副编辑长”）。“时评”评论当时的国家大事以及当时有权有势的大总统、内阁总理、督军、省长、巡阅使、部长等辈。“常评”涉及的题材很广很杂，有一般性的常识，也有学术性的考订。评论文章往往一天一篇，有时两篇（也有时一篇都没有，可能因为同时兼营律师事务）。看来“时评”针对当时的“专电”，立即下笔，立即发稿；“常评”也是触事生感，随写随刊，都未曾收集修润。

如今把父亲八九十年前随笔写来、随手掷去的旧文，从断烂朝报中清理出来，他是否会赞许呢？我很惶惑。不过，我相信，八九十年前的“时评”，多少有助于我国史料；八九十年前的“常评”，也仍能扩充我们的知识。书中所辑这些旧文，不分“时评”“常评”，但凭发表日期排列先后，因为看了内容，一目了然，不必分别标出。

整理我父亲的这些旧文是在九十年代初做的工作。当时只能依凭旧报纸，旧报纸上字迹模糊，誊清煞费功夫。我父亲熟读经史，娴习训诂小学，通晓多种外语。他下笔时不自觉地引经据典，所引用古书上的文字，尤其引用训诂小学的僻字、怪字，很难查稽。查一个模糊的字，常得转弯抹角，从这本书找到那本书，有时竟寻不到线索。有一次，翻遍全书也找不到所引的原句。我说："准是爸爸随笔写来，引用错了。"锺书说："爸爸绝不引错。"他思索一番，恍然说：这位作者还有逸文呢。找来一看，果然找得原句，填上了阙失的字。我遇到不能解决的疑难，总得向锺书求救。他看到稿子里有共同兴趣的篇章，常神往地说："我若能和爸爸相对议论，该多有趣。"反正他帮我是应该的事，我不必道谢。这当中还得到一些相识或不相识的朋友的热心帮助，我一直铭感在心。

这本集子曾在一九九三年以《老圃遗文辑》为名，由武汉长江文艺出版社出版。现在，中华书局要列入"中国近代人物文集"出版，书名也依从书惯例，改为《杨荫杭集》，然限于精力，我只能对以往发现的极少数错讹文字做些订正，其余一仍其旧。

二〇一三年十月

第四部分　书信四封

致徐伟锋转舒乙同志信

我得知中国现代文学馆中有我一席地，就打电话给馆中工作人员，要求撤出。该馆徐同志来信说：绝大多数作者都争着想进入馆中，我是惟一自动放弃的，像我这样“坦陈己见的、特立独行的，全中国也没几个”。我回信如下——

伟锋同志：并请转呈舒乙馆长同鉴：

您两位好！

来信及附件皆收到。我的意愿能得到尊重，我十分感激。但是请不要忘记，还有一个钱锺书也是不愿入馆的。他和我，地位不同，不能相提并论，上次电话里，我是分别提出陈请的。我自觉自愿，不妨直说。他呢，不像我这么无足轻重，我第一是怕引起误会——以为他态度不好，不合作（我们和舒乙同志向来是友好的）；第二也是怕引起误会——我会有挟以自重之嫌。所以我只好婉转其辞。不过，说白了，他就是不愿进文学馆。他曾明明白白说过，他不愿进中国现代文学馆。他从不厕身大师之林，他也向来不识抬举，这是大家都知道的。如果我不向馆长说明他本人不愿、恳切请求把他撤出文学馆，我就对不起钱锺书了。

希望他的意愿，同样也能得到尊重。

专复，即致

敬礼！

杨　绛上

二〇〇一年一月九日

致文联领导同志信

柳秀文女士：并请转呈高占祥、陈晓光等文联领导同志钧鉴：

您各位好！

一九九六年十二月，钱锺书曾由中国文联主席团决定聘为中国文联荣誉委员，并颁发景泰蓝盒装金质证章一枚，当时钱锺书病重住医院，证章由我代领携往医院，向钱锺书一一交代。钱锺书神识甚清，他听我讲了一言不发，只将双目一闭，表示拒绝。我知道他生平从不接受国内外任何荣誉勋章、奖章、荣誉学位等等。他是个狷介谨厚的书生，自分受之有愧的荣誉，他一概辞谢不受。文联的荣誉证章，我当时不能不收下转交；以后却又无法退还，多年来我心上很不安。

最近得柳秀文女士通知，说要将文联荣誉委员巨幅照相，制成豪华纪念册，嘱我提供钱锺书十寸照相。我因此十分为难。钱锺书嘱咐我的后事，我都尽力而为，不能因为他已作古人，就违反他的心意。所以我不能为文联荣誉委员纪念册提供照片。希望领导同志能予谅解。钱锺书名下的荣誉证章等珍贵物品，该如何处置，我听候领导同志的指示。

专复，并致敬礼！

杨　绛谨上

二〇〇一年三月十九日

致汤晏先生信

汤晏先生：

昨天收到您十月十五、十六日二信及附件，谢谢！您的《钱锺书传》快要出版了，我向您贺喜。您孜孜矻矻为他写传，不采用无根据的传闻，不凭“想当然”的推理来断定过去，力求历史的真实；遇到不确切的事，不惮其烦地老远一次次来信问我，不敢强不知以为知。我很佩服您这种精神。但是，我只对您提出的问题作了答复，却未能从头至尾细读原稿；对于您所采用的某些资料是否可靠，我不知道。所以，我不敢应命为您写序。而且您和我的观点也不相同。钱锺书不愿去父母之邦，有几个原因。一个重要的原因是他深爱祖国的语言——他的 mother tongue，他不愿用外文创作。假如他不得已而只能寄居国外，他首先就得谋求合适的职业来维持生计。他必需付出大部分时间保住职业，以图生存。凭他的才学，他准会挤出时间，配合职业，用外文写出几部有关中外文化的著作。但是《百合心》是不会写下去了。《槐聚诗存》也没有了。《宋诗选注》也没有了。《管锥编》也没有了。当时《宋诗选注》受到批判，钱锺书并没有“痛心疾首”。因为他知道自己是一个“旧知识分子”。他尽本分完成了一件工作，并不指望赞誉。赞誉会带来批判。批判多半是废话。废话并不能废掉他的成果。所以他心情很平静，还只顾补订他的《宋诗纪事》呢。这部书不久就要出版，有十多本。他的读书笔记和心得，作为《钱锺书手稿集》，已交商务印书馆扫描印行，明年年底也可出版，大约有四十五大本。此外，我也许还能为他整理出一些作品。但是钱锺书在创作方面，的确没能够充分发挥他的才华。“发短心长”，千古伤心事，不独钱锺书的创作。您的设想属浪漫派，我的设想较现实。反正同是设想而已。我耄耋之年，没力量为您写序很抱歉，只好写封信谢谢您对钱锺书的器重，也谢谢您对我的信任。祝愿您的书有许多许多读者。

杨　绛谨上

二〇〇一年十月二十八日

为无锡修复钱氏故居事，向领导陈情

《光明日报》二〇〇二年一月十日，有一篇《钱锺书无锡故居开始修复》的报道，说钱氏故居近日正式启动，修复后明年对外开放。无锡市计划依托故居筹备“钱锺书文学馆”，筹办“钱锺书生平事迹展”等三大陈列展。我读后不胜惶惑。

我曾以为建立钱锺书纪念馆的事已经圈上句号。因为早在一九九六年七月三十日，钱锺书病中曾为此事嘱我写信答复无锡市管文物的副市长王竹平同志，表示不同意建馆。因为按照国家政令，应严控这种不必要的纪念馆，而他本人认为他在无锡的旧居远不止一处，没有必要在旧居建立纪念馆。此后，无锡市领导就没再向我们提起这件事。

钱锺书去世将近三年后，二〇〇一年十二月十二日，无锡市博物馆负责人陈瑞农同志来信，说无锡市委、市政府决定修复钱锺书故居，筹建钱锺书文学馆，对外开放，教育众人。此事由博物馆具体担任。他要求我予以关心和帮助，为文学馆资料的征集提供方便。

我得信后为之惊愕。为某一人建立纪念馆，先应得到他本人或家属的同意，不能不尊重他本人的意愿。为什么本人并不同意，家属尚未知情，就启动工程呢？我立即和原副市长王竹平同志取得联系，知道他已不复担任原职。他应我之求，把我和钱锺书辞谢建馆的信和某些名流联名呼吁建馆的信都复制寄我。呼吁建馆的信上说，钱锺书是“无形资产”，可资“实用”，为旅游业创汇。这项建议，对当今的商业社会，对富有企业精神的无锡人，想必很有说服力。据我不久后看到的二〇〇一年十二月二日《无锡日报》报道，当时格于国家严控为活着的人建纪念馆，而钱锺书尚未去世，所以建馆之议搁浅了。我以为已作罢论的事，其实只是搁浅了。

我同时也和博物馆负责人陈瑞农同志通了电话。他说建文学馆等等是为了宣扬钱锺书为人之道和治学精神。我向他说明钱锺书对建立钱锺书文学馆、陈列他生平事迹等是决计不同意的。我也告诉他，擅自征集钱锺书的书信文物，会触及法律上有关侵权的问题。我请他将钱锺书的意愿和我的意见向上级领导反映。他迄今未有回音，而《光明日报》上二〇〇二年一月十日登出了上述消息。我不知是无锡市领导人没有了解钱锺书的意愿，还是不予置理，反而扩大宣传。我觉得有必要把钱锺书的意愿表达得更清楚些。

钱锺书连自己的骨灰都不愿保留，何况并不属于他的钱氏故居！他愿意保留的，只是他奉献于后人的几部著作。他的著作，除了个别例外，不具普及性；能保留也只是冷门。他不求外加的力量为他推广或保存。他的生平很平常，一份履历就足以包括一生，没什么值得展览的。他曾看到一本编造钱锺书生平事迹的《传稿》，斥为“胡说八道！”深叹浮名为累，“我成了一块烂肉，苍蝇都可以在我身上撒蛆！”这是很痛心的话。他郑重嘱咐我，在他身后，勿举行任何纪念仪式。他也明明白白地说：“我不进现代文学馆。”所以我如他所嘱，写信给现代文学馆舒乙先生，请撤出馆内陈列的钱锺书。二〇〇一年九月七日，我代表已去世的钱锺书、钱瑗以及我自己，向清华大学捐赠的奖学金，不用钱锺书之名，而称为“‘好读书’奖学金”。钱锺书言行如一，不喜名利。无锡市建立钱锺书文学馆，展览他的生平事迹等等，都是他坚决反对的。假如无锡市领导要把钱锺书作为“无形资产”，作为招徕旅游的招牌，那是对钱锺书“淡泊名利”的莫大讽刺。假如无锡市领导是出于爱重而要为他建馆纪念，那就首先应当尊重钱锺书，尊重他的意愿。用他坚决反对的方式来纪念他是不合适的。

杨　绛

二〇〇二年元月十五日

出版说明

《杂忆与杂写》为杨绛先生的散文名作，由作者于一九九一年将不同时期忆旧怀人的长短文章汇集一册，一九九二年由花城出版社初版，一九九四年在增加了七篇文章后由三联书店再版。二〇〇四年人民文学出版社将其收入《杨绛文集》的“散文卷”（抽出其中十一篇文章另编入他卷），二〇〇九年重版的《杨绛文集》（四卷本）中，《杂忆与杂写》在编排和篇目上做了大幅度调整，收入了作者“近些年来新发现和新创作的杂忆与杂写文章多篇”，三联书店二〇〇九年平装本《杂忆与杂写》（增订版）在编排和篇目上即以此版为底本。

本次再版，征得作者同意，收录近几年的多篇新作及以前漏收的几篇序文和几封书信，并以编年为原则重新排序。因篇幅的原因，以初版编辑时间一九九一年为界一分为二：《杂忆与杂写：一九三三——一九九一》，基本恢复三联一九九四年版原貌，只是增加了几篇当时漏收的文章，作者“自序”一仍其旧；《杂忆与杂写：一九九二—二〇一三》，则收录了近二十年间作者的各类回忆性散文、杂论、序文和书信。二〇一一年，杨绛先生百岁诞辰，《文汇报·笔会》曾对她做长篇访谈，是为《坐在人生边上》。这篇文字至为重要，征得杨绛先生许可，作为本书的“代前言”。

生活·读书·新知三联书店

二〇一四年十月